丁鶴年集

（元）丁鶴年 著
王齊洲 點校

荊楚全書·第一輯

湖北省公益学术著作出版专项资金
Hubei Special Funds for Academic and Public-interest Publications

長江出版傳媒
湖北人民出版社

圖書在版編目（CIP）數據

丁鶴年集 / (元) 丁鶴年著 ; 王齊洲點校. — 武漢:湖北人民出版社, 2023.12
ISBN 978-7-216-10599-6

Ⅰ. ①丁… Ⅱ. ①丁… ②王… Ⅲ. ①古典詩歌－詩集－中國－元代 Ⅳ. ①I222.747

中國國家版本館CIP數據核字（2023）第011701號

責任編輯：朱小丹
封面設計：劉舒揚
責任校對：范承勇
責任印製：肖迎軍

出版發行： 湖北人民出版社	**地址：** 武漢市雄楚大道268號
印刷： 武漢郵科印務有限公司	**郵編：** 430070
開本： 787毫米×1092毫米 1/16	**印張：** 10.25
字數： 148千字	**插頁：** 1
版次： 2023年12月第1版	**印次：** 2023年12月第1次印刷
書號： ISBN 978-7-216-10599-6	**定價：** 40.00元

本社網址：http://www.hbpp.com.cn
本社旗艦店：http://hbrmcbs.tmall.com
讀者服務部電話：027-87679656
投訴舉報電話：027-87679757
（圖書如出現印裝質量問題，由本社負責調換）

校點説明

丁鶴年（1335—1424），字鶴年，一字永庚，號友鶴山人。回族，武昌（今湖北鄂州）人。元末明初著名詩人。其曾祖阿老丁（一作阿喇卜丹）、曾叔祖烏馬兒（一作烏瑪喇）是元初西域巨賈。元世祖西征時，財力匱乏，阿老丁、烏馬兒兄弟將全部資財奉獻，並從軍。元朝以功授官，阿老丁年老不願仕，特賜田宅留京奉朝請；烏馬兒擢道宣慰使，後拜甘肅行中書省左丞。其祖苫思丁（一作沙木斯迪音）累官至臨江路達魯花赤（軍政最高長官）。其父職馬禄丁（一作智默特喇卜丹），四十歲始入仕任臨川縣（今屬江西）主簿，後遷武昌縣（今湖北鄂州）達魯花赤，性豪邁，有惠政，解官之日百姓爲之建"種德堂"，並請求留居武昌，遂定居武昌之西山（今湖北鄂州西山）。生有五子，鶴年最幼。鶴年長兄吉雅斯摩迪音（一作吉雅謨丁），字符德，一字元德，漢名馬元德，至正間進士，任浙東僉都元帥；仲兄烈瞻（一作烈膽）萬户，陣亡；三兄鄂拉實克丹（一作愛理沙，又作阿里沙），字允中，至正間進士，仕翰林院應奉；四兄名字不詳。

鶴年出生於武昌，自幼聰穎，勤奮好學。就讀於南湖書院，學習儒家經典。年十二，父親病故，傳説由其姊月娥教其經史，十七歲即精通《詩》《書》《禮》而負盛名。至正十二年（1352），徐壽輝攻克武昌，年僅十八歲的丁鶴年將生母馮氏安頓於城郊，護侍嫡母順長江東逃至鎮江（今屬江蘇）避難。後嫡母病逝於鎮江，他徒步往浙東投奔任定海縣令的長兄吉雅謨丁。由於浙西日亂，當時江南行御史臺移治奉化，不少名公大臣賞識鶴年的才幹，推薦他做官，都被他一一回絶。不久，吉雅謨丁去世，鶴年生活無着，陷於絶境，衹好"或旅食海鄉爲童子師，或寄食僧舍賣藥以自給”。當時，浙東一帶屬方國珍勢力範圍，方氏深忌色目人，鶴年畏禍遷徙無常居。在浙東海島潛蹤匿跡，逃亡避禍，不得不“居簡便夷俗，含凄效越吟”。元末明初，爲逃避“反色目人”運動，鶴年浪跡江湖，窮困潦倒，以教書、賣藥爲生。至正二十八年（1368），元廷退往塞北（史稱北元），明朝國内政局逐漸安定，鶴年在定海海邊築室定居下來，名其室爲“海巢”。明洪武十二年（1379），各地交通多恢復，丁鶴年告牒武昌長官回鄉遷葬生母遺骨。回武昌後，幾經周折，終於尋找到生母馮氏埋葬之所，將其屍骨遷至武昌城西寒溪寺後山父墓旁，並築廬守墓。中途雖回過浙江一次，但很快又回到武昌，從此陪伴父母陵墓，直到去世，人稱“丁孝子”。其友烏斯道爲作《丁孝子傳》，戴良作《高士傳》，稱贊其爲孝義之士。《萬曆湖廣總志》卷四四載：“元丁鶴年墓，武昌縣樊山上。楚王嘗遣人祭之。”而《雍正浙江通志》卷二三五却載：“元高士丁鶴年墓，在（杭州府城）清波門外。”杭州古茶場傳有丁鶴年墓亭，2005 年 3 月確定爲浙江省級文物保護單位。綜合各種資訊，筆者認定，前者記載比較可信。因爲鶴年是著名“孝子”，他晚年在父母墳旁守護，死後也該安葬在父母墳旁。烏斯道《丁孝子傳》明言“鶴年就廬於父墓，將終其身”，豈有晚年死藏他地之理？明初寓居武昌的楊士奇在《鶴年詩集後跋》中説：“元亡，（鶴年）歸四明，與戴叔能相善。尚節操，有孝行，叔能嘗爲作傳。後隱武昌山中。余在武昌遇之，甚相得，時已老矣。别後數歲卒。此集蓋其卒後得之武昌鄧存誠。”也可證明鶴年確實卒於武昌，其墓在武昌縣樊山（今湖北鄂州西山）。

鶴年禀性耿介，不混塵俗，博學廣聞，精通詩律，通曉中醫和數學，對繪畫、書法也頗有研究。他的詩取材廣泛，以憂國憂民爲主要内容，是元末明初很有影響的詩人。與鶴年同時而稍後的魏驥在《鶴年詩集序》中説：“武昌丁鶴年先生以詩鳴湖湘間，膾炙人口久矣。”其實，鶴年詩歌的影響並不限於湖湘間，而是及於全國。鶴年師友戴良序其詩云：“鶴年乃泊然無意於仕，遭時兵亂，逃隱海上，邈不與世接。凡幽憂憤悶悲哀痛苦之情，一於詩焉發之。觀其古體歌行諸作，要皆清麗可喜，而注意之深，用工之至，尤在於五七言律。但一篇之作，一語之出，皆所以寓夫憂國愛君之心、愍亂思治之意，讀之使人感憤激烈，不知涕泗之横流也。蓋其措辭命意，多出杜子美，而音節格調，則又兼得我朝諸閣老之所長，故其入人之深，感人之妙，有非他詩人之所可及。”清人所撰《四庫全書》集部總集類《宋元詩會提要》云：“鶴年詩典麗清醇，天姿既高，而學力足以副之，一時詞彦，罕有出其右者。”他們都給予鶴年詩歌很高評價。《元詩選初集》録其詩爲元季諸人後勁，也充分肯定了他的文學地位。鶴年的詩在元末明初獨樹一幟，廣爲流傳，不僅在我國少數民族文學史上有重要地位，在湖北文學史上有代表性意義，在整個中國文學史上也有較大影響。後人對他的詩有較高評價，如我國現代著名史學家陳垣先生在他的《元西域人華化考》中說：“薩都剌之後，回回教詩人首推丁鶴年。”這一評價是十分中肯的。

鶴年的作品早期主要以抄本流傳，原丁氏八千卷樓藏明抄本二部，一名《丁鶴年集》，一名《鶴年先生詩集》，今分藏南京圖書館和北京圖書館。清金侃校抄本《丁鶴年詩集》曾爲納蘭性德之弟納蘭容德的謙牧堂收藏，今藏北京圖書館。今知最早刻本爲明正統年間（1436—1449）所刊《鶴年詩集》，原爲清代著名學者朱彝尊收藏、金檀遞藏，後流入陸氏皕宋樓，有宋賓王校記曰：“丁鶴年詩而無刻本，轉相抄寫，訛字頗多。雍正丁未端陽後一日，得秀水竹垞翁所藏明正統間刻本於吴郡桃花塢文瑞樓，雨窗較閲刻本，亦微有訛字。前明蕭山魏驥序之。”光緒三十三年（1907），陸心源長子樹藩將陸氏皕宋樓所藏圖書全部賣給日本岩崎氏静嘉堂文庫。此外，《藝海珠塵》收有《丁孝子詩集》三卷，《琳琅秘室叢書》收有《丁鶴年集》四卷，清人顧廣圻、黄丕烈認爲其爲元刻本，陳垣則從多方面論證其爲明刻本而非元刻本，陳説可信。此二刻本的刊刻時間未詳。清人顧嗣立所編《元詩選》收入《海巢集》，選録其詩一一八首，附録其兄吉雅謨丁詩七首、愛理沙詩三首，表兄吴惟善詩三首。《四庫全書》收《丁鶴年集》三卷，附録其兄吉雅摩迪音詩九首、阿里沙詩三首，表兄吴惟善詩五首。沔陽盧氏《湖北先正遺書》據《四庫全書》文津閣本影印。此本錯訛頗多，且戴良序、釋至仁跋、烏斯道《丁孝子傳》等均未收録。商務印書館1937年出版胡珽校訛、董金鑒續校的《丁鶴年集》，此本據董氏刊刻《琳琅秘室叢書》本爲底本，以《藝海珠塵》和其他明刻本爲參校本，附録顧廣圻、黄丕烈、夏文燾題詞，黄丕烈後跋和胡珽校訛識語以及董金鑒續校識語，排印爲《丁鶴年集》四卷本，收入《叢書集成初編》中，是目前所見分卷較爲合理，錯訛最少的一個本子。不過，它還不是一個完善之本，仍有遺漏和訛誤。本書以《叢書集成初編》本的《丁鶴年集》爲底本（校記中稱原本），以通行的四庫文淵閣本和據四庫文津閣本影印的《湖北先正遺書》本爲主要參校本，將《叢書集成初編》本漏收的六十六首詩歌和五篇銘文作爲補遺，編爲一卷，並補充若干重要資料作爲附録，成爲新的五卷本《丁鶴年集》，期望它是迄今爲止最爲完善之本，以供讀者閲讀參考。凡原本訛誤或與别本歧異者出以校記，原本校記重要者則予以保留。

目　録

《鶴年先生詩集》序[1]

戴　良

昔者成周之興，肇自西北。西北之詩，見之於《國風》者，僅自豳秦而止[2]。豳秦之外，王化之所不及，民俗之所不通，固不得繫之列國矣。我元受命，亦由西北而興。西北諸國，若回回、吐蕃、康里、畏吾兒、也里可温、唐兀之屬[3]，往往率先臣順，奉職稱藩。其沐浴休光、沾被寵澤，與京國内臣無少異。積之既久，文軌日同，而子若孫遂皆捨弓馬而事詩書。至其以詩名世，則貫公雲石、馬公伯庸、薩公天錫、余公廷心其人也。論者以馬公之詩似商隱，貫公、薩公之詩似長吉，而余公之詩則與陰鏗、何遜齊驅而并駕。他如高公彦敬、巙公子山[4]、達公兼善、雅公正卿、聶公古相[5]、斡公克莊、魯公至道、王公廷圭輩[6]，亦皆清新俊拔，成一家言。此數公者，皆居西北之遠國，其去豳秦，蓋不知其幾千萬里，而其爲詩乃有中國古作者之遺風，亦足以見我朝王化之大行、民俗之丕變，雖成周之盛莫及也。鶴年亦西北人，其視數公差後起家，世以勛業著。而鶴年兄弟俱業儒，伯氏之登進士第者三人。鶴年乃泊然無意於仕進。遭時兵亂，逃隱海上，邈不與世接。凡幽憂憤悶悲哀痛苦之情，一於詩焉發之。觀其古體歌行諸作，要皆清麗可喜，而注意之深、用工之至，尤在於五七言律。但一篇之作，一語之出，皆所以寓夫憂國愛君之心、愍亂思治之意，讀之使人感憤激烈，不知涕泗之横流也。蓋其措辭命意，多出杜子美，而音節格調，則又兼得我朝諸閣老之所長。故其入人之深，感人之妙，有非它詩人之所可及。嗚呼！若鶴年者，豈向數公之流亞歟？然數公之在當時，皆達而在上者也，世之士子，孰不膾炙其言辭。鶴年遭夫氣運之適衰，方獨退處遐陬，而爲所謂窮者之詩以自慰，其能知夫注意之深、用工之至者，幾何人哉！知與不知，在鶴年未足輕重，第以祖宗涵煦百年之久，致使遐方絶域之詩，俱得繫之天子之國，而鶴年之所以著明王化民俗之盛，以與數公並傳於斯世者，將遂泯無聞矣，不亦重可悲夫。故取其吟稿若干卷〔7〕，序而傳之，以俟世之知鶴年者相與諷詠焉耳。鶴年之清節峻行，已别有傳，兹不著。

至正丙午秋〔8〕，九靈山人金華戴良序〔9〕。

【校記】

〔1〕原本此序亦見於四庫文淵閣本，《湖北先正遺書》本無。

〔2〕𨛬秦，四庫文淵閣本作“邠秦”。下同。

〔3〕“若回回”句，四庫文淵閣本作“若回回、吐蕃、喀和爾、伊囉勒昆、唐古、爾輝之屬”。

〔4〕獿公子山，四庫文淵閣本作“巙公子山”。

〔5〕聶公古相，四庫文淵閣本作“聶公古柏”。

〔6〕王公廷圭，原本作“三公廷圭”，四庫文淵閣本作“王公廷圭”，據改。

〔7〕若干卷，原本作“若千卷”，四庫文淵閣本作“若干卷”。董金鑒補校：“若千，當作若干。”據改。

〔8〕丙午秋，原本作“甲午秋”，誤，陳垣《論〈琳琅秘室叢書〉本〈丁鶴年集〉二則》有詳細討論，據改正。

〔9〕序文落款，四庫文淵閣本僅有“金華戴良序”五字。

《鶴年詩集》原序[1]

魏　驥

武昌丁鶴年先生，以詩鳴湖湘間，膾炙人口久矣。余友四明章琦廷玉典教斯邑，以其板廢不存，將重刻以興起之。前杭州府學教授唐公仲節，於先生爲契家子，自武昌來，不惟重先生之詩，而且重廷玉之斯舉蓋義舉也，徵余序其所以於首簡。余聞言之精者謂之文，而詩於文又其精者也，必其一字一句，瀟灑出塵，使人雋永之不忘，斯足謂之詩。况先生負俊爽之才，加以用心之專，宜其爲詩名擅於時。至流落人間，人得之以膾炙諸口，則何啻若得玄霜紺雪[2]，以疏滌其腸胃哉！此先生之詩固不可不傳也。抑孰知修廢舉墜，則又爲君子盛德事。大抵天地間前人作之於前者，必賴後人述之於後。彼或已成之事，無後之人以維持之，則幾何不至於泯没無聞哉！若廷玉於先生之詩，能興之於既廢之餘，則其用心之仁，誠可謂之不愧爲君子也已。且余聞廷玉莅教斯邑，其造就人才，薰陶涵育，愚者必欲使之明，柔者必欲使之强，致鼓篋而來者，無不得其所依歸，蓋亦莫非推是心而然也。噫，廷玉其賢矣哉！夫廷玉蓋名公子[3]，厥父敬先，讀書惇行，嘗尹隆平，有德及民，雖終，至今民猶思之不置。厥兄廷璧，厥弟廷琰，亦皆以明經顯，咸擁師席，名隱隱起縉紳間。余以昔與廷玉季父沐陽教諭魯先交，故廷玉昆季爲之往來頗密。每重其一門父子兄弟之賢，方念睽離之久，欲一胥晤而不可得，適唐公有是請，則余又烏得不喜廷玉之有此義舉，而樂爲序其集之首云。

正統二年歲次丁巳秋九月上澣，中憲大夫、太常少卿蕭山魏驥書[4]。

【校記】

〔1〕原本無此序，四庫文淵閣本、《湖北先正遺書》本皆有此序，前者題

“鶴年詩集原序”，後者題“鶴年詩集序”。

〔2〕玄，《湖北先正遺書》本作“元”，因避康熙諱改。四庫文淵閣本此字皆省末筆，後不另注。

〔3〕名，《湖北先正遺書》本作“明”，疑誤。

〔4〕此爲《湖北先正遺書》本落款。四庫文淵閣本落款爲“蕭山魏驥書”，僅五字。

卷　一

海巢集海濱避兵時所作[1]

【校記】

〔1〕以上題署，原本首行："丁鶴年集卷一　元　丁鶴年撰　門人四明戴稷編次"；次行爲"海巢集海濱避兵時所作"。四庫文淵閣本、《湖北先正遺書》本爲"鶴年集卷一　元　丁鶴年撰"，其餘無。

五言古詩

採蓮曲

採蓮復採蓮，仍唱採蓮曲。若欲知苦心，須食蓮中肉。
採蓮復採蓮，踟躕一何久。不愁花妬容，惟恐刺傷手。
採蓮復採蓮，藕亦不可棄。中有不斷絲，似妾纏綿意。
採蓮復採蓮，爭如採荷好。花謝葉獨存，團圓以終老[1]。
採蓮復採蓮，湖水清且深。徒能照妾面，不能照妾心。
採蓮復採蓮，下有孤鴛鴦。秋花不結實，夜夜守空房。

【校記】

〔1〕以，四庫文淵閣本、《湖北先正遺書》本均作"似"。

又

蓮開花覆水，蓮謝藕在泥。不學青萍葉，隨波東復西。
朝採並蒂蓮，暮綰同心結。不學綠楊枝，含嚬送離别。

又

蓮舟何處來，同聚南湖口。郎憐波上花，妾愛泥中藕。
藕有青白節，花有艷冶容。郎心異妾心，三歎掩歸篷。

長嘯篇

惟遠度可量，惟暗燭可照。丈夫窮達際，安可以逆料。區區井觀天，擾擾管窺豹。衆論徒沸騰，誰能領其要。韓信出胯下〔1〕，市井皆哄笑。范雎置厠中，醉客更相溺。一朝佐秦漢，將相無同調。聲名六合馳，事業九天耀。平生怨與恩，歷歷加顯報。以馬飼故人，以尉乞惡少。是非姑置之，獨立發長嘯〔2〕。

【校記】

〔1〕胯下，原本作“跨下”，四庫文淵閣本作“袴下”，《湖北先正遺書》本作“膝下”，均誤，應爲“胯下”。

〔2〕獨立，《湖北先正遺書》本作“獨往”，疑誤。

挽倪仲權處士

維鄞有高士，乃居城北門。伯叔列茅土，弟昆羅搢紳。先生視富貴，蔑若行空雲。蕭然坐一室，詩書日討論。忠信化閭里，孝友敦親姻。用兹以殁世，人亡道彌尊。我昔客東海，托交見天真。犖犖金石義，藹藹骨肉恩[1]。豈意隔生死，相思勞夢魂。尚憐靈鳳毛，符彩備五珍。每過話疇昔，相對淚沾巾。我悲匪兒女[2]，所感在斯文。

【校記】

〔1〕藹藹，原本作“靄靄”，四庫文淵閣本、《湖北先正遺書》本均作“藹藹”。胡珽校識：“靄靄，誤，元本作藹藹。”據改。

〔2〕悲，原本作“輩”，四庫文淵閣本、《湖北先正遺書》本均作“悲”。胡珽校識：“輩字，誤，元本作悲。”據改。

悼　亡

別時如玉人，歸來死生隔。日暮泣孤墳，音容杳難得。惟餘墳上草，猶帶羅裙色。

湖上曲二首[1]

鴛鴦湖中飛，還向湖中落。不比薄情人，天涯並海角。

汀鷺映湖波，清白兩無愧。立盡風雨寒，頗爲口腹累。

【校記】

〔1〕詩題，四庫文淵閣本、《湖北先正遺書》本均無“曲”字。

七言古詩

送月侍郎定江浙賦税還大都[1]代杭城父老作

戈甲三邊静，車書四海同。時平尚文治，策士明光宫。龍沙公子清且美，玉立芙蓉照秋水。前席才名賈誼賢，出關氣概終軍偉。恭捧帝符臨下方，卿雲五色分天章。星軺小駐武陵驛[2]，炎海六月生清凉。宣朝廷德意，問閭閻疾苦。遊民亦占籍，編户悉按堵。力役均平賦斂輕，去者謳歌來鼓舞。觀風采謡，乃使之職；任賢使能，惟帝之德。目擊盛事，豈容緘默，乃歌曰：生逢舜日當堯天，經營内外皆英賢。八十衰翁百無補[3]，茅檐擊壤歌豐年。

【校記】

〔1〕詩題，四庫文淵閣本、《湖北先正遺書》本均作“送周侍郎定江淛賦税還大都”。

〔2〕武陵，原本作“武林”。四庫文淵閣本、《湖北先正遺書》本均作“武陵”，據改。

〔3〕衰翁，四庫文淵閣本作“衰貧”。

題《餘姚葉敬常州判海堤卷》補先兄太守遺缺[1]

陰霓夜吼風雨急，坤維震蕩玄溟立[2]。桑田變海人爲魚，葉侯訴天天爲泣。侯奉天罰誅妖霓，下平水土安群黎。嶙峋老骨不堪朽[3]，化作姚江捍海堤。海堤蜿蜒如削壁，横截狂瀾三萬尺。堤内耕桑堤外漁，民物欣欣始生息。潮頭月落啼早鴉，柴門半啓臨滬沙。柳根白舫賣魚市，花底青帘沽酒家。花柳村村各按堵，世變侯仙倏成古。侯雖已矣遺愛存，時聽叢祠咽簫鼓[4]。人生何必九鼎榮，廟食貴有千載名。君不聞一杯河水决瓠子，沉馬親勤漢皇祀。又不聞一帶江波泛蜀都，刻犀厭勝秦人愚[5]。江平河塞世猶駭，何况堂堂障滄海。論功不啻濟川才，砥柱東南千萬載。嗚呼！只今四海俱横流，平地風波沉九州。蒼生引領望援溺，州縣有官非葉侯。州縣有官非葉侯，禦災誰復憂民憂。

【校記】

〔1〕詩題“遺缺”，原本作“遺闕”，四庫文淵閣本、《湖北先正遺書》本

均作“遺缺”。胡珽校識：“闕字，誤，元本作缺。”據改。州，董金鑒補校：“州，當作洲。”存疑。

〔2〕玄溟，《湖北先正遺書》本作“元溟”，因避康熙諱改。

〔3〕不堪，原本作“不肯”，胡珽校識：“不肯，誤，元本作不堪。”據改。

〔4〕籥，四庫文淵閣本、《湖北先正遺書》本均作“蕭”，誤。

〔5〕厭勝，《湖北先正遺書》本作“散勝”，疑誤。

贈戴原正

戴生眼如電，讀書夜忘眠。清晨盥櫛罷，起居慈母前。母身康寧子心喜，讀書還向書帷裏。綴文調膳秋復春，鳳凰符彩騶虞仁。天心一回，四海平治，明堂掄材，清廟需器，棟梁瑚連寧汝棄[1]。

【校記】

〔1〕連，四庫文淵閣本、《湖北先正遺書》本均作“璉”。

離鸞篇爲四明孟善祖母祝節婦賦[1]

孤鳳病且死，聘鸞以爲偶[2]。引頸嗚嗚托其後[3]，鸞對以臆肯以首。惡鳥啄其雛，飄風撼其巢。伏育補葺，鸞不辭勞。雛日以長能反哺，巢日以廣多牖户。天錫壽考[4]，既和且平。每一對鏡，猶復悲鳴。始終德義俱無愧，乃知鸞鳳所以爲世瑞。

【校記】

〔1〕詩題，四庫文淵閣本、《湖北先正遺書》本均作“離鸞篇——爲四明張孟善祖母祝節婦而作”。

〔2〕鸞，原本作“鶩”，疑誤。四庫文淵閣本、《湖北先正遺書》本均作“鸞”，據改。

〔3〕嗚嗚，《湖北先正遺書》本作“哀鳴”。

〔4〕董金鑒續校："天字筆劃欠清。"

胡節婦詩[1]

一自失良人，年年不見春。常時折花處，青苔滿行路。即今垂老百事非[2]，篋中惟有嫁時衣。姑終養，子成立，望夫差勝山頭石。

【校記】

〔1〕詩題，四庫文淵閣本、《湖北先正遺書》本均作"胡節婦"，無"詩"字。

〔2〕即今，《湖北先正遺書》本作"即金"，疑誤。

樂節婦詩[1]

荼蓼未爲苦，薑桂未爲辛。纍纍辛苦者，無若未亡人。欲隨世苟活，生則同室死同槨。欲殉夫並殂，阿婆方老兒方孤。朝養姑，暮教子，泉下良人猶不死。

【校記】

〔1〕詩題，四庫文淵閣本、《湖北先正遺書》本均作"樂節婦"。

五言律詩

送四兄往杭後寄

臨别强言笑，獨歸情轉哀。離魂凄欲斷，孤抱鬱難開。太守堤邊柳，徵君宅畔梅。過逢如見憶，煩寄一枝來。

逃禪室卧病柬諸禪侶

高秋多病客，古寺寄黄昏。野迥常疑虎，天寒早閉門。離愁燈下影，鄉淚枕邊痕。賴有諸禪侶，情親似弟昆。

汩　汩

汩汩在塵埃，羈懷不暫開。病將顔玉去，愁送鬢絲來。招隱慚高蹈，扶顛乏大才。行藏成兩失，回首有餘哀。

次烏繼善先生見寄韻

扶杖日行吟，悠然太古心。風雲遺壯氣，山水效清音。大雅消沉久[1]，斯文感慨深。幸瞻喬梓在，奕葉盡成陰。

【校記】

〔1〕消沉，《湖北先正遺書》本作“消沈”。

挽柴吏目

奕世蓮花幕，人稱漢吏師。都緣參贊重，頗覺轉遷遲。雅論非三語，清聲是四知。猶餘前案牘，長作後箴規。

挽定海章處士 處士晚年好道[1]

流年驚逝水，世事逐飄風。卜築鄰蓬島，移家類葛洪。丹還金鼎伏，劍解玉棺空。惟有松壇月，通宵貫彩虹。

【校記】

〔1〕詩題、序，四庫文淵閣本、《湖北先正遺書》本均作“挽章處士——定海人，晚年好道”。

挽脩竹處士〔1〕

種竹人何在，鄉鄰久未忘。冰霜餘節操，雲錦見文章〔2〕。散帙依朝爽〔3〕，移樽坐夕凉。兒孫皆玉立，尤足繼遺芳〔4〕。

【校記】

〔1〕詩題，原本作“修竹處士”，四庫文淵閣本、《湖北先正遺書》本均作“脩竹處士”。胡珽校識：“修字，誤，元本作脩。”據改。

〔2〕“種竹人何在”四句，《湖北先正遺書》本作“丹旐飄零日，人琴嘆已亡。論交存古道，守拙隱仙鄉”。

〔3〕散帙，《湖北先正遺書》本作“展帙”。

〔4〕繼，《湖北先正遺書》本作“寄”，疑誤。

五言排律

題　竹〔1〕

太守兄階下新竹數竿〔2〕，秀色鬱然可愛，索予賦詩，敬製長律一十八韻。

楚楚新移竹，翛翛已出林。渭川元接葉，淇水本聯陰。既忝軒墀重，應蒙雨露深。芝蘭方並植，荆棘敢相侵。有荷栽培力，無慚變化心。長身龍夭矯，密羽翠蕭森。委砌風飄錦，篩庭日布金。奇材仲連箭，雅韻伯牙琴。欸乃歌頻度，平安問每臨。風雲今自飽，冰雪舊能任。豈獨松梅友，仍多草木欽。琅玕擎使節，玳瑁合明簪[3]。直可扶衰老，貞堪載古今。釣鰲期大用，引鳳壓群音。詞客題詩到，幽人載酒尋。煙旌朝冉冉，月纛夜沉沉。展席臨秋水，鉤簾對夕岑。清風驅酷暑，一爲豁煩襟。

【校記】

〔1〕詩題，原本無，據四庫文淵閣本、《湖北先正遺書》本補。

〔2〕太守兄階下，四庫文淵閣本、《湖北先正遺書》本均作“太守見階下”。

〔3〕明，四庫文淵閣本、《湖北先正遺書》本均作“朋”。

七言律詩

寄胡敬文縣尹

胡遂初真人海上漕舟北還，得應奉兄家書，云湖廣親舊兵後，僅餘二公，感而賦詩以寄[1]。

湖北衣冠藹士林[2]，十年兵革盡消沉。昆岡火後餘雙璧，錦里書回抵萬金。鳧舄趨朝天闕近，霓裳度曲月宮深。誰知海上垂綸者，去國長懸萬里心。

【校記】

〔1〕詩題，原本爲“奇胡敬文縣尹胡遂初真人海上漕舟北還得應奉兄家書云湖廣親舊兵後僅餘二公感而賦詩以寄”，“奇”爲“寄”之誤。四庫文淵閣本詩題作“寄胡敬文縣尹”，小序作“胡遂初真人海上漕舟北還，得應奉兄書，云湖廣親兵後，僅二公，寄以詩”。《湖北先正遺書》本序文爲：“胡遂初真人海上漕舟北還，得應奉史書，云湖廣兵後，僅存胡公，寄以詩。”今綜合三者擬題及序。

〔2〕藹，原本作“靄”，四庫文淵閣本、《湖北先正遺書》本均作“藹”。胡珽校識：“靄字，誤，元本作藹。”據改。

奉寄表兄白留守兼呈楊廉使

白髮先朝舊從臣，懸車遍看五湖春。養恬高節矜持重，優老濃恩拜奉頻[1]。每有緇黄談幻化，可無朱紫問經綸。座中不遇楊開府，肯把平生對客陳。

【校記】

〔1〕拜奉，四庫文淵閣本、《湖北先正遺書》本均作“奉拜”。

送進士都堅不花出宰三山[1]

龍沙公子龍頭客，錦繡胸襟玉雪顔。一日蜚英驚四海，九天承寵宰三山。花前封印青春醉，槐下鳴琴白晝閑。守令近民勤聖念，早須報政五雲間。

【校記】

〔1〕詩題，四庫文淵閣本作“送進士都堅巴哈出宰三山”，《湖北先正遺書》本作“送進士都爾嘉巴哈出宰三山”。

觀太守兄昌國勸農

東皋風日媚新晴，太守躬耕曉出城。裊裊雙旌穿柳過，蕭蕭五馬踏花行。扶藜父老陪諮訪，騎竹兒童主送迎。豈意兵荒南北遍，化行滄海獨昇平。

頒　　曆

腐儒避地海東偏，鳳曆頒春下九天。載拜帝堯新正朔，永懷神禹舊山川。廟堂久托君臣契，藩閫兼操將相權。只在忠良勤翊戴，萬方行覩至元年。

勉戴玄學〔1〕

才名籍甚冠時髦，愛爾青年氣獨豪。千里共誇騏驥足，九苞争覩鳳凰毛。月中把桂雲生履〔2〕，天上看花日映袍。宦達每由稽古力，夜窗燈火莫辭勞。

【校記】

〔1〕詩題，《湖北先正遺書》本作“勉戴元學”，避康熙諱改。

〔2〕“月中”句，《湖北先正遺書》本作“月中折桂雲生足”。

贈陳章甫

少年仗劍遊京國，豪氣峥嶸壓五陵。柳緑御溝春飲馬，草黄上苑曉呼鷹。日邊冠蓋人人識，雪後舟航處處乘。白首歸來尋舊隱，高談驚座羡君能。

寄西湖林一貞先生

錦繡湖山世絶稀，東風不放賞心違。芙蓉楊柳臨清淺，佛刹仙宫繞翠微。畫舫載春天上坐，紫騮馱醉月中歸。高情獨有林和靖，門掩晴空看鶴飛。

鄞江館送潘允章歸天台定省[1]

從師久客鄞江館，重憶庭闈問起居。五彩早成萊子服，一經今授伏生書。落花芳草春停騎，斜日孤雲暮倚閭。暫爾南歸仍北上，萬言敷奏玉階除[2]。

【校記】

〔1〕詩題，四庫文淵閣本、《湖北先正遺書》本均作“送潘允章歸天台定省”。

〔2〕敷奏，四庫文淵閣本、《湖北先正遺書》本均作“敷對”。

次韻奉答張撫軍二首[1]

先公昔鎮西南日，幾拜殊恩出御筵。桃李門牆賓客盛[2]，芝蘭庭砌子孫賢。百年遺愛齊民服，一代鴻勛信史編。最是撫軍能接武，挑燈夜讀十三篇。

堂堂雄略靖三邊，亹亹清談動四筵。夜月轅門嚴士卒，春風幕府集才賢。詩宗李杜元無敵，書法孫吴每自編。白首栖栖江海客，遠煩馳寄錦雲篇。

【校記】

〔1〕詩題，四庫文淵閣本、《湖北先正遺書》本均作“次張撫軍韻二首”。

〔2〕桃李門牆，《湖北先正遺書》本作“桃李門前”。

寄張廷言

千里關河阻重兵，兩煩書札見深情。故人我久知張禄，處士時多忌禰衡。閲世正當思豹變，出關何必待鷄鳴。莫嗟才大難爲用，天運行將返治平。

送人歸故園

故園聞道已休兵[1]，客裏那堪送客行。老去别懷殊作惡，亂餘歸計倍關情。孤村月落群鷄叫，絶塞天清一雁横。到日所親如見問，浪遊江海負平生。

【校記】

〔1〕故園聞道，四庫文淵閣本作“故人休道”，《湖北先正遺書》本作“故園休道”，疑皆誤。

次韻奉答東軒居士[1]

珠玉新詩照士林，長城寧畏短兵侵。春雲有態時時變，秋水無痕岸岸深。洛下才名推獨步，越中山水喜重臨。别來歲晚偏相憶，誰折梅花慰渴心。

【校記】

〔1〕詩題，四庫文淵閣本、《湖北先正遺書》本均作“次東軒居士韻”。

丙午十一月二十四日夜夢回書事

抱病經時不出門，存亡一一念諸昆。兵戈隨處斷消息，風雨終宵勞夢魂。竹下題詩雲起硯，花前度曲月當樽。每因舊事增新感，獨對寒燈拭淚痕。

海　巢

海上巢居海若降，三山眼底小如矼。已攀若木爲華表，更立榑桑作翠幢。蛟室夜光晴燭户，蜃樓秋影冷涵窗[1]。鶗鴂夢斷無因到，唯有同棲鶴一雙。

【校記】

〔1〕冷，《湖北先正遺書》本作“泠”。

太守兄見遺紙帳仍贈以詩次韻奉謝[1]

湘娥剪水霜刀匀[2]，虚室生白無纖氛。壺中但覺風雨隔，殻裏豈知天地分。蟾光夜明楮葉露，蝶夢春繞梨花雲[3]。怳然置我銀世界，縱有瓊瑶難報君。[4]

【校記】

〔1〕詩題，四庫文淵閣本、《湖北先正遺書》本均作“太守兄遺紙帳仍贈以詩次韻奉謝”，無“見”字。

〔2〕霜，四庫文淵閣本、《湖北先正遺書》本均作“雪”。

〔3〕繞，四庫文淵閣本作“遠”。

〔4〕原本此詩後有《鶴年弟盡棄紈綺故習，清心學道，特遺楮帳資其澹泊之好，仍侑以詩》一首，爲其兄吉雅謨丁詩，不當列入。四庫文淵閣本、《湖

北先正遺書》本均作爲附録，今從之。

渡鄞江後托寄陸時敏、陳可立[1]

小艇横江捷似飛，故人凝睇送將歸。過山殘照明紗帽，渡水浮雲亂苧衣。沙鳥渚禽同泛泛[2]，岸花汀草各依依。風塵來往慚經濟，擬著漁蓑坐釣磯。

【校記】

〔1〕詩題，四庫文淵閣本無“托”字。

〔2〕渚禽，四庫文淵閣本作“水鷗”。

五言絶句

題《畫梅》二首[1]

松筠淹雨雪，桃李逐風塵。不有梅花樹，誰回天地春。

鐵石梃孤杓[2]，冰霜抱貞素。一笑桃李空，嗟哉歲云暮。

【校記】

〔1〕本詩四庫文淵閣本分作二首，一題“畫梅”，一題“又”。

〔2〕鐵石梃孤杓，四庫文淵閣本作“鐵石挺孤標”，《湖北先正遺書》本作“鐵石挺孤杓”。

將歸武昌題《長江萬里圖》二首[1]

長江千萬里，何處是儂鄉。忽見晴川樹，依稀認漢陽。

長嘯還江國，遲回別海鄉[2]。春潮如有意，相送過潯陽。

【校記】

〔1〕詩題，四庫文淵閣本、《湖北先正遺書》本均作“長江萬里圖——將歸武昌，自賦二首”。

〔2〕別，原本作“刖”，四庫文淵閣本、《湖北先正遺書》本均作“別”，結合詩意，據改。

七言絶句

讀鄭《家規》[1]

每病漢民歌布粟，忍聞秦俗德耰鋤。鄭家九葉猶同爨，風化今知古不如[2]。

【校記】

〔1〕詩題，四庫文淵閣本、《湖北先正遺書》本均作“贈鄭氏”。

〔2〕風化今知，四庫文淵閣本作“風俗如今”，《湖北先正遺書》本作“風化知今”。

題梅花扇面寄五十僉憲

憶向西湖踏早春，萬花如玉月如銀。一枝照影臨清淺，滿面冰霜似故人。

題族兄馬子英進士《梅花》

池館春深看牡丹，五陵車馬隘長安。誰知凛凛冰霜際，却是梅花守歲寒。

題族兄馬子英進士《竹石嘉木圖》〔1〕

翠實可充丹鳳食，喬枝仍待早鶯遷。一拳苔蘚荒秋雨，惆悵無人解補天。

【校記】

〔1〕詩題，四庫文淵閣本、《湖北先正遺書》本均作“題前人《竹石嘉樹圖》”。

題表兄賽景初院中新竹景初，故咸陽王賽興赤孫也〔1〕

雙玉亭亭出粉牆，便添風月入吟觴。會看直上三千尺，截簡先書異姓王。

【校記】

〔1〕賽興赤孫，四庫文淵閣本、《湖北先正遺書》本均作“賽音齊之孫”。

贈表兄賽景初

蕭條門巷舊王孫，旋寫黄庭換緑樽。富貴儻來還自去，只留清氣在乾坤。

雨窗宴坐與表兄論作詩、寫字之法各一首〔1〕

南窗薄暮雨如絲，茗盌熏爐共論詩〔2〕。天趣悠然人意表〔3〕，忘言相對坐多時。

蠅頭小楷寫烏絲，字字鍾王盡可師。忽悟庖犧初畫象，工夫元不在臨池。

【校記】

〔1〕詩題，四庫文淵閣本、《湖北先正遺書》本題尾均有“各一首”三字，據補。

〔2〕爐，原本作“壚”，四庫文淵閣本、《湖北先正遺書》本均作“爐”。胡珽按：“元本爐作壚，今訂正。”據改。

〔3〕悠然，四庫文淵閣本、《湖北先正遺書》本作“悠悠”。

題顧仲贄先生《南山遺稿》後

玄豹無心守九關[1]，日隨霧雨隱南山。莫嗟遺鞹同羊犬，猶托文章見一斑[2]。

【校記】

〔1〕玄豹，《湖北先正遺書》本作“元豹”，因避康熙諱改。

〔2〕斑，原本作“班”，四庫文淵閣本、《湖北先正遺書》本均作“斑”，據改。

題《林泉野趣圖》

清江白石帶疏林，樊口幽居尚可尋。夢裏草堂無恙在，秋風春雨總關心。

卷　二

哀思集海濱避兵時所作[1]

【校記】

〔1〕四庫文淵閣本、《湖北先正遺書》本均無每卷集名，衹有卷次。下同。

五言古詩

歲宴百憂集二首

歲宴百憂集，獨坐彈鳴琴。琴聲久不諧，何以怡我心。拂衣出門去，荆棘當道深。還歸茅屋底，抱膝梁父吟。

歲宴百憂集，擊筑發商歌[1]。商歌未終調，淚下如懸河。故鄉渺何許，北斗南嵯峨。有家不可歸，無家將奈何？

【校記】

〔1〕筑，四庫文淵閣本、《湖北先正遺書》本均作"節"。

奉懷九靈先生就次其留别舊韻二首

晴霞麗層霄，淑景媚清曙。冉冉草際煙，盈盈花上露。幽禽何處來，飛鳴入庭樹。不見心所親，坐待停雲度[1]。

攀桂月扶疏，撫松雲陸離。豈無淡蕩懷，亦有幽貞期[2]。何緣對清景，孤坐度芳時。故人不可見，新交非所知。

【校記】

〔1〕坐待停雲度，四庫文淵閣本、《湖北先正遺書》本均作“爲詠停雲句”。

〔2〕幽貞期，四庫文淵閣本、《湖北先正遺書》本均作“幽人期”。

秋　　蕖

淥水出紅蕖[1]，清麗世無比。旭日照新妝，盈盈明鏡裏。亦有後時者，凄然抱孤蘂。欲開風露寒，寂寂含香死。

【校記】

〔1〕淥，四庫文淵閣本、《湖北先正遺書》本均作“緑”。

七言古詩

黄鶴樓

半空金碧何代樓，仙人鶴駕曾一遊。雕檻看雲楚山曉，珠簾捲月湘江秋。樓前雲月長無恙，禰賦崔詩角清壯。西風忽動庾公塵，仙人仍歸九天上。

植槅軒爲天台吴處士賦[1]

徂徠蒼松幹，嶧陽孤桐枝。矯矯卧龍節，娟娟棲鳳姿。桐中琴瑟松棟梁，采之斵之生輝光。明堂清廟即登用，回首故山雲路長。鳳凰不來龍亦去[2]，槅散當軒承雨露。

【校記】

〔1〕詩題，四庫文淵閣本、《湖北先正遺書》本均作“植槅軒——爲天台吴處士賦”。

〔2〕龍亦去，《湖北先正遺書》本作“龍已去”。

五言律詩

病　衰

病骨秋增痛，衰容日减華。臉霞憐竹葉，鬢雪妒菱花。往事嗟何及，歸程望轉賒。少年歌舞地，此日屬誰家？

挽唐都事

十年滄海上，辛苦贊戎機[1]。帷幄籌雖在，轅門事已非。黄金從百煉，白璧竟全歸。生死俱無恨[2]，千秋仰德輝。

【校記】

〔1〕贊戎機，《湖北先正遺書》本作“贊成機”，誤。

〔2〕恨，四庫文淵閣本、《湖北先正遺書》本均作“憾”。

五言排律

逃禪室述懷十六韻

出處兩茫然，低徊每自憐。本無經國術，仍乏買山錢。故邑三千里，他鄉二十年。力微歸計杳，身遠客心懸。桃李誰家樹，禾麻傍舍川[1]。鶉衣秋屢結，蝸室歲頻遷。逝水終難復，寒灰更不然。久要成齟齬，多病復沉綿。俯仰衷情倦，棲遲野性便。延徐誰下榻，訪戴獨回船[2]。恥灑窮途泣，閑修浄土緣。談玄分上下[3]，味道悉中邊。有相皆虛妄[4]，無才幸苟全。棲雲同白鹿，飲露效玄蟬[5]。高蹈慚真隱，狂歌愧昔賢。惟餘空念在，山寺日逃禪。

【校記】

〔1〕舍川，四庫文淵閣本、《湖北先正遺書》本均作“舍田”。

〔2〕船，《湖北先正遺書》本作“舡”。

〔3〕談玄，《湖北先正遺書》本作“談元”，因避康熙諱改。

〔4〕虛妄，《湖北先正遺書》本作“非妄”，疑誤。

〔5〕效玄蟬，《湖北先正遺書》本作“效元蟬”，因避康熙諱改。

題蕪湖辛順中《西圃卷》為蕪湖辛順中作[1]

坐閱桑田變，歸爲菽水謀。聊從西圃隱，少慰北堂憂。汲月滄江曉，鋤雲沃野秋。新蔬和雨摘，碩果帶霜收。嘉樹巢烏鳥，閑庭下白鷗。管寧金不顧，季路米應求。千載誰同調，東陵有故侯。

【校記】

〔1〕詩題、序，四庫文淵閣本作“題《西圃卷》——爲蕪湖辛順中作”，

《湖北先正遺書》本作“題《西圃卷》——爲蕪湖順中作”。

七言律詩

脱太師[1]

淮海重聞斧鉞臨，一時士庶盡傾心[2]。雷霆聲播天威遠，霖雨恩添帝澤深。暗室有蠅汙白璧，明廷無像鑄黄金[3]。風塵未息英雄死，坐對江山慨古今。

【校記】

〔1〕詩題，《湖北先正遺書》本作“托太師”。

〔2〕士庶，四庫文淵閣本、《湖北先正遺書》本均作“黎庶”。

〔3〕像，四庫文淵閣本、《湖北先正遺書》本均作“象”，胡珽按：“明刻像作象，蓋古無像字。”

靳公子

中朝公子多才俊，瀟灑風塵獨靳侯。白雁久無天上信，黑貂漸弊雪中裘[1]。虚堂簾影遲遲晝，别館燈光淡淡秋。到手深杯須劇飲，醉鄉消得古今愁。

【校記】

〔1〕弊，四庫文淵閣本、《湖北先正遺書》本均作“敝”。胡珽按：“明刻弊作敝。”

故宫人

粉愁香怨不勝情，强整殘妝對老兵。别殿金蓮餘故步，後庭玉樹變新聲。眼穿雁字雲連塞，夢斷羊車月滿城。天上桃開王母去，世人誰識許飛瓊。

别　　帽

雲様飄蕭月様團，百年雄麗壓南冠。黄金綴頂攢文羽，白璧垂纓間木難。刺繡尚期平敵壘，簪花曾夢舞仙壇。一從吹墮西風裏，誰念蒙塵白髪寒。

元　　夕

燈火樓臺錦繡筵，誰家簫鼓夜喧闐。光移星斗天逾近[1]，影倒山河月正圓。金鎖開關明似晝，銅壺傳漏迥如年。五雲不奏霓裳曲，空使揚州望眼穿。

【校記】

〔1〕移，《湖北先正遺書》本作“連”。

雪後泛東湖

雪後湖山玉作圍，小舟乘興弄清輝。貪看月裏鸞回舞，不覺風前鷁退飛。雲母屏空春閴寂，水晶宫冷晚霏微。仙家一笑乾坤老，誰馭瑶池八駿歸。

題鳳浦方氏梧竹軒[1]

鳴鳥曾聞此地過[2]，至今梧竹滿丘阿。政懷翦葉書周史[3]，却恨翻枝入楚歌。金井月明秋影薄，石壇風細晚凉多。中郎去後知音少[4]，共負奇材奈老何。

【校記】

〔1〕詩題，四庫文淵閣本、《湖北先正遺書》本均作“梧竹軒——爲鳳浦方氏作”。

〔2〕鳴鳥，四庫文淵閣本、《湖北先正遺書》本均作“鳳鳥”。

〔3〕翦葉，四庫文淵閣本、《湖北先正遺書》本均作“剪葉”。

〔4〕“中郎”句，原本作“中郎去後多知音少”，衍“多”字，據四庫文淵閣本、《湖北先正遺書》本改。

題戴先生《九靈山房圖》[1]

九靈别業何年到，聊作新圖寄所思。幽谷白雲晴窈窕，高檐翠樹曉參差。輞川已入王維畫，韋曲曾傳杜甫詩[2]。咫尺相望成萬里，卧遊心事許誰知。

【校記】

〔1〕詩題，四庫文淵閣本、《湖北先正遺書》本均作“九靈山房圖——爲戴先生作”。

〔2〕韋曲曾傳，四庫文淵閣本、《湖北先正遺書》本均作“韋典仍傳”。

二靈寺守歲

守歲山房迥絶緣，燈光香炧共蕭然。無人更獻椒花頌，有客同參柏子禪。已悟化城非樂界，不知今夕是何年。憂心悄悄渾忘寐，坐待扶桑日麗天。

元旦寄朝真宫諸道侶

窮陰殘臘喜全消，淑景新正覺倍饒。一氣挽春回厚土[1]，五雲扶日麗層霄。媚時久厭銀幡巧，卜歲深期玉燭調。最愛群仙持絳節，朝真不憚九天遥。

【校記】

〔1〕土，各本皆作“軸”。胡珽校識：“軸字，元本作土。”據改。

暮春感懷二首

杜宇聲聲喚客愁，故園何處此登樓。落花飛絮成春夢，剩水殘山異昔遊。歌扇多情明月在，舞衣無迹彩雲收。東皇去後韶華盡，老圃寒香别有秋。

四十無聞懶慢身[1]，放情丘壑任天真。悠悠往事杯中物，赫赫時名扇外塵[2]。短策看雲松寺晚，疏簾聽雨草堂春。山花水鳥皆知己，百遍相過不厭貧[3]。

【校記】

〔1〕懶慢，《湖北先正遺書》本作“懶漫”。

〔2〕時，四庫文淵閣本、《湖北先正遺書》本作“詩”。

〔3〕貧，四庫文淵閣本、《湖北先正遺書》本均作“頻”。

奉寄王宣慰兼呈九靈先生

別館新成足宴遊，珊珊環佩總名流。獨推南郭爲高士，共識東陵是故侯。天上鶯花三月夢〔1〕，人間風雨五更愁。行藏盡付浮雲外，爛醉豐年黍稌秋〔2〕。

【校記】

〔1〕夢，四庫文淵閣本、《湖北先正遺書》本均作“麗”。

〔2〕稌，《湖北先正遺書》本作“稔”。

奉寄九靈先生四首

挾海懷山謁紫宸〔1〕，擬將忠孝報君親。忽從華表聞遼鶴，却抱遺經泣魯麟。喪亂行藏心似鐵，蹉跎勛業鬢如銀〔2〕。萬言椽筆今無用〔3〕，閑向林泉紀逸民。先生嘗爲予作傳〔4〕。

花柳村村接海濱，攜家隨處避風塵。衣冠栗里猶存晋，鷄犬桃源久絶秦。對坐青山渾不厭，忘機白鳥自相親。也知出處關時運，豈但逃名效隱淪。

早將長策靖三邊，晚抱孤忠守一廛。出處久推張翰達，登臨重覺謝安賢。煙霞丘壑龍山屐，風月汀洲鳳浦船〔5〕。東望三神纔咫尺，不妨來往挾飛仙。龍山、鳳浦，皆濱海地名〔6〕。

清泉白石兩翛然，仙隱何妨日似年。頗厭文章妨大道，却從奇偶泝先天。雲間犬舐燒丹鼎〔7〕，雨裏龍耕種玉田。終歲不聞城府事，閉門閑著養生篇。

【校記】

〔1〕挾海懷山，四庫文淵閣本、《湖北先正遺書》本均作“扶海懷山”，疑誤。

〔2〕蹉跎，原本作“蹉蛇”，四庫文淵閣本、《湖北先正遺書》本均作“蹉跎”。董金鑒續校：“蛇當作跎。”據改。

〔3〕椽筆，《湖北先正遺書》本作“緣筆”，誤。

〔4〕此句注文四庫文淵閣本、《湖北先正遺書》本均作詩題下小序，誤。

〔5〕洲，原本作“州”。四庫文淵閣本、《湖北先正遺書》本均作“洲”，據改。

〔6〕濱海，原本作“海濱”，四庫文淵閣本、《湖北先正遺書》本均同。胡珽校識：“海濱，元本作濱海。”據改。

〔7〕舐，原本作“砥”，四庫文淵閣本、《湖北先正遺書》本均作“舐”。胡珽校識：“砥字，誤，元本作舐。”據改。

寄定海故將軍郜公輔〔1〕

往事浮雲杳莫攀，壯懷未展鬢先斑。不聞奉使通銀漢，空見將軍老玉關。故壘荒涼千騎盡，滄溟浩蕩一鷗閑。風塵隨處嚴訶止，愁殺田間夜獵還〔2〕。

【校記】

〔1〕詩題“郜公輔”，四庫文淵閣本、《湖北先正遺書》本均作“邵公輔”。

〔2〕夜獵，四庫文淵閣本作“野獵”，《湖北先正遺書》本作“野老”。

逃禪室與蘇伊舉話舊有感

不學揚雄事草玄〔1〕，且隨蘇晋暫逃禪。無錐可卓香嚴地，有柱難擎杞國天。謾詑丹霞燒木佛，誰憐清露泣銅仙。茫茫東海皆魚鱉，何處堪容魯仲連。

【校記】

〔1〕事草玄，《湖北先正遺書》本作"事草元"，因避康熙諱改。

寄餘姚滑伯仁先生

獨木橋邊薜荔門，全家移住水雲村。猿聲專夜丹山静[1]，蜃氣横秋碧海昏。詩卷自書新甲子，藥壺别貯小乾坤。陶漁耕稼遺風在，差勝桃源長子孫。

【校記】

〔1〕猿聲專夜，《湖北先正遺書》本作"猿聲叫夜"。

寄餘姚宋無逸先生餘姚有舜江、夏山，漢劉使君樊夫人仙迹

龍泉城外絶囂喧，寄傲全勝在漆園。獨對江山懷舜禹，每憑風月問劉樊。行窩釃酒花圍席，野寺題詩竹滿軒。回首昆岡空劫火，深期十襲保璵璠[1]。

【校記】

〔1〕十，四庫文淵閣本作"什"。

雨中寄浙河楊彦常先生[1]

山中長夏苦淫雨，暫爾出門還不能。九天馭日力已竭，兩地看雲愁倍增[2]。憐君畏途久作客，笑我净土常依僧[3]。相思倚柱發清嘯[4]，旁人不解谷空譍。

【校記】

〔1〕詩題，四庫文淵閣本、《湖北先正遺書》本均無“浙河”二字。

〔2〕兩地看雲，《湖北先正遺書》本作“四海横雲”。

〔3〕净土，四庫文淵閣本作“净舍”，《湖北先正遺書》本作“净社”。

〔4〕嘯，四庫文淵閣本、《湖北先正遺書》本均作“笑”，疑誤。

贈全真李止冰止冰，故成順王門人也〔1〕

玄元孫子玄都客〔2〕，汗漫長遊宇宙間。黄鶴白雲迷鄂渚，青牛紫氣滿函關〔3〕。袖中寶劍雌雄合，鼎内金丹大小還。不見吹笙王子晋，秋來幾度候緱山〔4〕。

【校記】

〔1〕詩題，四庫文淵閣本、《湖北先正遺書》本均作“贈李全真——名止水，故威順王門人也”。

〔2〕“玄元”句，《湖北先正遺書》本作“元元孫子元都客”，因避康熙諱改。

〔3〕紫氣，四庫文淵閣本、《湖北先正遺書》本作“紫炁”。

〔4〕候緱山，四庫文淵閣本、《湖北先正遺書》本作“到緱山”。

勞　勞

閶闔排雲事已休，勞勞猶恥爲身謀。數莖白髪未爲老，一寸丹心都是愁。燕代地高山北峙，荆揚天闊水東流。英雄已去空形勝，劍氣中宵射斗牛〔1〕。

【校記】

〔1〕中宵,《湖北先正遺書》本作“沖宵”。

兀 兀

數莖白髮鏡中新[1],兀兀窮年愧此身。萬里雲霄雙倦羽,千尋江海一窮鱗[2]。望鄉薄暮憑西日,去國中宵禮北辰。客路漸遥身漸老,此生何以報君親。

【校記】

〔1〕新,原本作“薪”,四庫文淵閣本、《湖北先正遺書》本均作“新”。胡珽校識:“薪字,誤,元本作新。”據改。

〔2〕江海,四庫文淵閣本、《湖北先正遺書》本均作“江漢”。

題太守兄遺稿後二首

太守兄死事之明年,於故篋中得其遺詩一卷[1]。伏讀之次,不知涕泗之横流也。敬題二詩於後,以紀哀思云。

海國期年政化成,肩輿隨處看春耕。正欣鷄犬無驚擾,詎意鯨鯢有鬥争。遥島月明虚燕寢,故人雲冷失佳城[2]。夢回佳句難重得,腸斷池塘草又生。

黑風吹海浪如山,獨跨長鯨去不還。身世雲煙遊物外,文章奎壁照人間[3]。彤庭朝朔雙鳧遠,五馬行春緑野閑[4]。老我急難餘淚在,一回撫卷一潺湲。

【校記】

〔1〕“於故”句,四庫文淵閣本、《湖北先正遺書》本均作“於篋中得

遺詩”。

〔2〕故人雲冷，四庫文淵閣本作“故山雲冷”，《湖北先正遺書》本作“故山雲令”。

〔3〕奎壁，四庫文淵閣本、《湖北先正遺書》本均作“奎璧”。

〔4〕“五馬”句，四庫文淵閣本、《湖北先正遺書》本均作“緑野行春五馬閑”。原本胡珽按：“明刻五馬二字，與緑野互换。”

逃禪室卧病有懷故鄉東諸友生

謀生失計倍淒凉，扶病將歸自激昂。那得金丹生羽翼，只將鐵石作肝腸。日長獨卧維摩室，歲晚全荒陸氏莊。幸際諸公各當道，應思孤客久迷方。

兵後還武昌二首

避亂移家大海隈，楚雲湘月首頻回。歸期實誤王孫草，遠信虚憑驛使梅。天地無情時屢改，江山有待我重來。白頭哀怨知多少，欲賦慚無庾信才。

亂定還家兩鬢蒼，物情人事總堪傷。西風古冢遊狐兔，落日荒郊卧虎狼。五柳久非陶令宅，百花今豈杜陵莊。舊遊回首都成夢，獨數殘更坐夜長。

夢得先妣墓

己未夏五月，還武昌遷葬。兵後陵谷變遷，先妣封樹競迷所在，久尋不得。露禱大雪中。冬十一月廿日夜〔1〕，忽感異夢，翌日遂得其處〔2〕。賦詩一首，以紀歲月云。

慈顔幽翳杳難知，風雪孤村遍訪之。極浦空江泥滑滑，荒岡斷壟冢纍纍。那知恍惚魂歸夜，正是呼號淚盡時。孝格皇天我豈敢[3]，聊同烏鳥報恩私。

【校記】

〔1〕十一月廿日夜，四庫文淵閣本、《湖北先正遺書》本均作“十一月二十日夜”。

〔2〕翌，原本作“翼”，四庫文淵閣本、《湖北先正遺書》本均作“翌”。據改。

〔3〕我，原本作“吾”，四庫文淵閣本、《湖北先正遺書》本均同。胡珽校識：“吾字，元本作我。”據改。

過九江追悼李子威太守

瓣香遥拜九江城，太守精誠日月明[1]。叔侄並歸忠義傳，江山不盡古今情。潮回湓浦聲猶怒，雲起爐峰氣未平。生死總魁天下士，丈夫端不負科名。

【校記】

〔1〕精誠，四庫文淵閣本、《湖北先正遺書》本均作“精神”。

哭陣亡仲兄烈瞻萬户[1]

獨騎鐵馬突重圍，斬將搴旗疾似飛[2]。金虎分符開幕府，玉龍横劍衛邦畿。委身徇國心方盡[3]，裹革還鄉願竟違。病卧滄江憐弱弟，看雲徒有淚沾衣[4]。

【校記】

〔1〕詩題“烈瞻萬户”，四庫文淵閣本、《湖北先正遺書》本均作“烈瞻

萬户”。

〔2〕搴旗，四庫文淵閣本、《湖北先正遺書》本均作“褰旗”，誤。

〔3〕徇國，《湖北先正遺書》本作“盡國”，疑誤。

〔4〕沾，原本作“霑”，《湖北先正遺書》本作“沾”。胡珽校識：“霑字，元本作沾。”據改。

奉懷先師豫章周孝思先生

先生有道負清時，經濟何由見設施〔1〕。白水青山聊自適，光風霽月復誰知。出塵標格三株樹，瑞世文章五色芝。鳴鳥不聞人亦去〔2〕，生蒭一束起遐思〔3〕。

【校記】

〔1〕何由，《湖北先正遺書》本作“無由”。

〔2〕鳴鳥，四庫文淵閣本、《湖北先正遺書》本均作“鳴鳳”。

〔3〕蒭，各本皆作“芻”，胡珽校誤：“芻字，元本作蒭。”據改。

七言排律

告牒還武昌遷葬上明州太守荼子俊〔1〕

漢江東抱楚山流，先壟猶餘土一抔〔2〕。廟冷桐鄉耆舊逝，田荒栗里子孫愁。兵戈隔夢三千里，霜露傷心二十秋。荒隧天寒烏鳥下，空林日落白狐遊。碑焚斷石經時變〔3〕，盌出遺金有夜偷。過客尚知來下馬，仙翁誰復指眠牛〔4〕。擬從樊口遷京口，遥別沙頭下石頭。高士束芻思致奠，故人惠麥久維舟。已知多病垂垂老，敢爲長貧故故留。爲政幸逢宗正恕，申情當念子平憂。劬勞罔報生何益，存殁沾恩死必酬。願及清明三月節，一盂麥飯灑松楸。

【校記】

〔1〕詩題，四庫文淵閣本、《湖北先正遺書》本均作“上明州太守荼子俊——還武昌遷葬告箋牋而作”。

〔2〕土一抔，原本作“土一杯”，《湖北先正遺書》本作“土一壞”，均誤。四庫文淵閣本作“土一抔”，據詩意和韻律依四庫文淵閣本改。

〔3〕焚，原本作“楚”，四庫文淵閣本、《湖北先正遺書》本均作“焚”。董金鑒續校：“楚字誤，原作焚。”據改。

〔4〕復，四庫文淵閣本、《湖北先正遺書》本均作“識”。

告牒還武昌省墓投贈鍾經歷〔1〕

潁川家世少游車〔2〕，大府從容贊畫餘。泛水依蓮饒勝賞，飲冰啖蘗富清譽。黄談賓幕風生席〔3〕，退食公庭月照閭。最愛小胥勤吏牘，更逢太守重詩書。登樓望海吟懷遠，拄笏看山雅度舒。藥籠參苓隨選擇，花谿桃李藉吹噓〔4〕。殊方有客飄零久，先壟無人拜掃疏。化筆久推公道在，况曾同食武昌魚。

【校記】

〔1〕詩題“告牒”，原本作“告牋”。四庫文淵閣本、《湖北先正遺書》本均題爲“投贈鍾經歷——告牋還武昌省墓”。胡珽校識：“牋字，元本作牒。”據改。

〔2〕潁川，原本作“頴川”，四庫文淵閣本作“穎川”。胡珽按：“頴川，當作潁川。”據改。

〔3〕黄談賓幕，四庫文淵閣本、《湖北先正遺書》本均作“高談賓幕”。

〔4〕谿，四庫文淵閣本作“磎”，《湖北先正遺書》本作“蹊”。

守墓陳情上武昌太守傅藻[1]

蕭蕭五馬駕雙旌，太守承恩下玉京。氣概浮雲蒸華嶽，胸襟弱水浸蓬瀛。擁經東出辭儲館，分竹西來鎮鄂城。地轉陽春蘇赤子，天回霖雨濟蒼生。掃除積弊文書簡，慰藉群情賦斂輕。每以哀矜存愷悌[2]，還從摘發見神明。笑談頓息清河訟，指顧潛消渤海兵。已喜箕裘傳傅説，行看車馬賜桓榮。閭閻有學皆興起，畎畝無田不播耕。縣榻每因高士下[3]，清樽多爲上賓傾。過山問俗雲生屐，出郭劭農雨濕纓[4]。月滿南樓揮麈坐[5]，花明北榭引車行。題詩每擬招崔顥，作賦何曾厭禰衡。感化屢聞虓虎渡[6]，忘機不使狎鷗驚。滿門桃李新陰暖，遍野桑麻曉色晴[7]。汗簡定應書善政，口碑先已播賢聲。肯憐倦客垂青盼，特爲明公寫素誠。作縣前人書上考，登科後裔厠群英。亂離一去榮華盡，契闊重來坎壈嬰。豈爲蒓羹思故里，敬將麥飯灑先塋。陶潛柳盡家何在，潘岳花殘邑屢更。鶴髮遺民供祀事，龜趺斷碣載題名。獨歸華表叮嚀語，誰顧鹽車俛仰鳴。往事易成蕉鹿夢，舊遊難覓黍鷄盟。履殘濡露心逾苦，目斷停雲淚更横。已幸玄堂新改厝[8]，猶慚丙舍未經營。名隨版籍遥編越，身戀松楸重去荆。存殁離魂同慘慘，往還孤影復煢煢。敢方王粲依劉表，竊冀興宗念子平。爲政古來先孝悌[9]，願伸人子未伸情。

【校記】

〔1〕詩題，四庫文淵閣本、《湖北先正遺書》本均作“上武昌太守傅藻——守墓間陳情”。

〔2〕愷悌，四庫文淵閣本、《湖北先正遺書》本均作“豈弟”。

〔3〕縣，四庫文淵閣本、《湖北先正遺書》本均作“懸”。

〔4〕“出郭”句，四庫文淵閣本作“出郭勸農雨濕纓”，《湖北先正遺書》本作“出郭勸農雨潑纓”。

〔5〕麈，原本作“塵”。四庫文淵閣本、《湖北先正遺書》本均作“麈”，據改。

〔6〕虓，《湖北先正遺書》本作“馴”。

〔7〕曉，原本作“晚”，四庫文淵閣本、《湖北先正遺書》本均作“曉”，據改。

〔8〕玄，《湖北先正遺書》本作“元”，因避康熙諱改。

〔9〕悌，四庫文淵閣本、《湖北先正遺書》本均作“弟”。

過安慶追悼余文貞公

將軍匹馬入舒城，擊賊頻煩訓義兵。孝以保家忠徇國〔1〕，聚而出戰散歸耕。圍侔月暈全無隙，捷振天威大有聲。遊説飛書徒間牒〔2〕，輸誠伏節愈堅貞。雲梯屢却妖氛豁，露布交馳殺氣平。千里荆揚憑保障，七年淮海賴澄清。山深猰貐殲還出，江闊鯨鯢斬更横。外援内儲俱斷絶，裹瘡飲血獨支撑。天昏苦霧埋營壘，日落陰風卷旆旌。甘與張巡爲癘鬼，肯同王衍誤蒼生〔3〕。三千將士皆從死，百二山河亦繼傾。静對風霆思號令，遥從箕尾識精誠〔4〕。頌碑不愧詞臣色，哀詔偏傷聖主情。願爲執鞭生不遂，臨風三酹重沾纓〔5〕。

【校記】

〔1〕徇，四庫文淵閣本、《湖北先正遺書》本均作“狥”。

〔2〕牒，原本作“諜”，四庫文淵閣本、《湖北先正遺書》本均同。胡珽校識：“諜字，元本作牒。”據改。

〔3〕肯，原本作“骨”，四庫文淵閣本、《湖北先正遺書》本均作“肯”，據改。

〔4〕精誠，原本作“精神”，胡珽按：“精神，明刻精誠。”四庫文淵閣本、《湖北先正遺書》本均作“精誠”，據改。

〔5〕三，《湖北先正遺書》本作“一”。

讀應奉兄《登科記》愴然傷懷因成八韻

射策彤庭被寵榮〔1〕，遺編三復若爲情〔2〕。重傷趙璧經時毁，翻恨隋珠徹夜明。《洪範》有書傳太乙，佳城無郭葬長庚。青雲路斷甘淪没，碧海塵飛苦變更。自信爲臣當委質，誰能向賊更求生。家貧寡弱遺妻子，道遠存亡隔弟兄。一旦音容成永訣，十年涕淚鎮交横。茫茫原隰無求處，獨立長風送雁聲。

【校記】

〔1〕庭，四庫文淵閣本、《湖北先正遺書》本均作“廷”。

〔2〕編，四庫文淵閣本、《湖北先正遺書》本均作“經”，疑誤。

五言絶句

題《天柱山圖》

拔翠五雲中，擎天不計功。誰能凌絶頂，看取日升東。

畫　蟬

飲露身何潔，吟風韻更長。斜陽千萬樹，無處避螳螂。

畫古木幽篁

碧海珊瑚樹，清湘翡翠毛。無因將寄遠，日暮寸心勞。

畫葡萄

江海春雷動，群龍悉上天。秋來風露冷，箇箇抱珠眠。

題《江亭柳色圖》有懷故人劉庸道

昔年釃酒地[1]，江漢一茅亭。同會人何在，東風柳又青。

【校記】

〔1〕釃，原本作“驪”，四庫文淵閣本、《湖北先正遺書》本均作“釃”。董金鑒續校：“驪，當作釃。”據改。

次先兄太守《題竹》韻

先兄死事之十有七年，于故史董文中家見所作《題竹詩》，謹次其韻[1]。

玉笏謝朝班，西風海國寒。無人知苦節，落日下長安[2]。

【校記】

〔1〕原本詩題“先兄太守死事之十有七年，于故史董文中家見所題竹詩因雪涕，謹次其韻”，據四庫文淵閣本、《湖北先正遺書》本改題及序。

〔2〕此詩後原本有“雨過蛟龍起，風生翡翠寒。但存清節在，日月是平安”一詩，並附注：“右畫竹元德爲文中題。”此詩爲吉雅謨丁（字元德）作，故列入本書附録。

七言絶句

敬書《宸翰》後

神龍歸卧北溟波，愁絶陰山敕勒歌。惟有遺珠光奪月[1]，萬年留得照山河。

【校記】

〔1〕月，四庫文淵閣本作“目”，《湖北先正遺書》本作“日”。

題《苐郎天馬圖》

春明立仗氣如山，顧盼俄空十二閑。一去瑶池消息斷，西風吹影落人間。

題《桃源圖》

放舟長怪武陵人，强覓桃花洞裏春。若使仙源通一線，如何避得虎狼秦。

暮春二首

楊花榆莢攪晴空，上界春歸下界同。蜂蝶紛紛竟何在，獨留杜宇怨殘紅。

一夕春歸遍九垓，千紅萬紫委塵埃〔1〕。韶光淑氣逡巡退，暑雨炎風爛熳來〔2〕。

【校記】

〔1〕委，四庫文淵閣本、《湖北先正遺書》本均作“盡”。

〔2〕熳，《湖北先正遺書》本作“漫”。

題　畫

江樹青紅江草黄，好山不斷楚天長。雲中樓觀無人住，只有秋聲送夕陽。

題《萬歲山玩月圖》

金銀樓觀鬱嵯峨，琪樹風凉秋漸多。徙倚危欄倍惆悵，月中猶見舊山河。

題故人毛楚哲所畫《葡萄》[1]

西域葡萄事已非，故人揮灑出天機。碧雲凉冷驪龍睡[2]，拾得遺珠月下歸。

【校記】

〔1〕詩題，四庫文淵閣本、《湖北先正遺書》本均作“題畫葡萄——故人毛楚哲作”。

〔2〕冷，原本作“泠”，四庫文淵閣本、《湖北先正遺書》本均作“冷”。董金鑒續校：“泠字誤，原作冷。”據改。

榮 枯

春意方酣紅杏蕊，秋聲又戰碧梧枝。野人不識天官曆[1]，坐閱榮枯紀歲時。

【校記】

〔1〕天官曆，四庫文淵閣本、《湖北先正遺書》本均作“春官曆”。

卷　三

方外集

五言古詩

贈劉全真

峨峨崆峒山，去天不盈尺。西挹弱水流，東掛扶桑日。中有學仙人，眉白雙眼碧。餐霞衣雲霧，凝神煉精魄。獰龍及猛虎，視之如蟣虱。功成朝紫皇，名隸丹臺籍。幡然汗漫遊，飛行隘八極。滄海重揚塵，蟠桃幾結實。天上與地下，俯仰成陳迹。歸來斂衽坐，倒卷入冥寂。萬象吾肺腑，四氣吾噓吸。乃知大還資，不離嬰兒質。蚩蚩世間人，斷喪良可惜[1]。

【校記】

〔1〕斷喪良可惜，四庫文淵閣本、《湖北先正遺書》本均作“斵喪哀可惜”。

觀《鄭高士獨坐圖》[1]

凝身危石踞，屏息遊絲摇。電光射玄關，龍虎聲咆哮。天君寂不動[2]，萬象俱來朝。甘露降瓊田，五色發靈苗。何必入青冥，然後爲逍遥。

【校記】

〔1〕詩題，原本作“觀鄭高士獨坐圜”，四庫文淵閣本作“觀鄭高士坐圖”，《湖北先正遺書》本作“觀鄭高士獨坐圖”。據補。

〔2〕天君，原本作“大君”，四庫文淵閣本、《湖北先正遺書》本均作“天君”。胡珽校識：“大君，元本、明刻並同。按，當作天君。”據改。

風泉清聽詩爲文極禪師賦〔1〕

幽栖空谷中，石室如懸磬〔2〕。坐閲造化機，動静互相勝。風生萬籟隨，雨過百泉應。蕭蕭亂疏鐘，泠泠隱清磬。虎嘯山月昏，龍吟海波静。上人謝聲塵，悠然入深定。喧寂兩俱忘，是乃名真聽。

【校記】

〔1〕詩題，四庫文淵閣本、《湖北先正遺書》本均作“風泉清聽——爲文極禪師賦”。

〔2〕如懸磬，四庫文淵閣本、《湖北先正遺書》本均作“開蘿徑”。

白雲精舍詩爲諸暨上人賦〔1〕

白雲何處來，油然在岩岫。下有古精藍，凌雲起華構。吐呑金碧輝，隱見林泉秀。常從護法龍，低接噴香獸。覺花映益明，忍草滋逾茂。高僧亦無心，怡悦坐清晝。安得乘長風，遍界陰凉覆。法雨澤群生，普使躋仁壽。

【校記】

〔1〕詩題，四庫文淵閣本、《湖北先正遺書》本均作“白雲精舍——爲諸暨上人作”。胡珽校識：“暨字下，上字上，元本空一格。”録以備考。

七言古詩

環翠樓歌爲餘姚道士梁公作[1]

大山摩穹霄，小山翻洪濤。或翔丹穴鳳，或舞寒江蛟。奔騰起伏奇觀不可狀，雲錦屏風金碧障。中有仙家太古壇，鳥啼花發春自閑。子晋鸞笙乘月過，王喬鳧舃凌雲還。環翠樓開紫霞裏，更揖鶏峰朝舜水。千岩秀色傍窗浮，萬壑濤聲從座起。煙消日出天溶溶，玉壺倒插金芙蓉[2]。鉤簾相對坐長夏，灑然冰雪生心胸。君不見天台嵯峨四萬八千丈，若非飆車羽輪那得上[3]。又不見終南盤亘中原五百里，天梯雲棧懸絶那可履。何如羽人高居環翠樓，調笑日月輕公侯。仙韶靈響每坐聽，日觀霞城時卧遊。還丹煉就顔如玉，讀書學道日不足。琅函金檢五千言，錦帙牙籤三萬軸[4]。星爲冠兮霓爲裳，或驂麒麟翳鳳凰[5]。翩翩上游白雲鄉，手把絳節朝紫皇。鈞天九奏賜霞觴，醉乘泠風還下方[6]。眼空四海小八荒，層樓棲真壽而昌。此名此境孰敢當，藍山道士身姓梁。

【校記】

〔1〕原本無此，依四庫文淵閣本、《湖北先正遺書》本補。

〔2〕玉壺，四庫文淵閣本、《湖北先正遺書》本均作“玉峰”。

〔3〕飆，四庫文淵閣本、《湖北先正遺書》本均作“雷”。

〔4〕帙，原本作“帙”，依四庫文淵閣本、《湖北先正遺書》本改。

〔5〕驂，原本作“參”，四庫文淵閣本、《湖北先正遺書》本同。董金鑒續校：“參，當作驂。”據改。

〔6〕泠，原本作“泠”，四庫文淵閣本、《湖北先正遺書》本同。董金鑒續校：“泠字誤，原作泠。”據改。

贈玄漠煉師[1]

神仙中人毛外史，方瞳深碧虯髯紫。了知大道本無爲，况是穀神元不死。偶因救旱驅玄溟[2]，倒瀉銀河如建瓴[3]。功成不居拂衣去，洞庭渺渺君山青。

【校記】

〔1〕玄漠，四庫文淵閣本、《湖北先正遺書》本均作“元溟”。

〔2〕玄溟，四庫文淵閣本、《湖北先正遺書》本均作“元溟”，因避康熙諱改。

〔3〕銀河，原本作“銀漢”，四庫文淵閣本、《湖北先正遺書》本均作“銀河”，後者合律，據改。

武昌送僧净皓書《童正思所作詩序》後[1]

童郎豪爽士，平生少許可。獨於皓上人，珠璣發咳唾。上人學法英妙年，參遍諸方文字禪。鐵鞋踏破石頭路，教外方知别有傳。童郎我同道，上人我同鄉，相逢江上折官柳，離思悠悠江水長。

【校記】

〔1〕詩題，四庫文淵閣本、《湖北先正遺書》本均無“武昌”二字。

五言律詩

寓慈湖僧舍次龍子高提舉韻

迢遞過蘭若，淹留爲竹林。疏鐘雲嶠迴，孤燭雨窗深[1]。長嘯非懷昔，狂歌豈避今。衹緣諸漏盡，不受一塵侵。

【校記】

〔1〕孤燭，原本作“孤竹”。四庫文淵閣本、《湖北先正遺書》本均作“孤燭”，胡珽校識：“孤竹，誤，元本作孤燭。”據改。

慈溪報國寺度夏寄甬東椿上人〔1〕

一徑野雲深，僧關閟緑陰。雨腥龍出澗，風勁虎過林。澹泊資禪味，清涼養道心。三生如不昧，石上一來尋。

【校記】

〔1〕詩題，四庫文淵閣本作“慈豀度夏報國寺寄甬東椿上人”，《湖北先正遺書》本作“慈豀度夏報國寺寄甬東春上人”。

涵清軒爲慈溪懋上人賦〔1〕

止水纔盈掬〔2〕，涵空有底寬。玉壺秋影净〔3〕，金鏡曉光寒〔4〕。落月斜沈白，流霞淺浴丹。上人方宴坐，應向觀中看。

【校記】

〔1〕詩題，四庫文淵閣本、《湖北先正遺書》本均作“涵清軒——爲慈溪懋上人作”。

〔2〕掬，原本作“椈”，誤。四庫文淵閣本、《湖北先正遺書》本均作“掬”，據改。

〔3〕玉，原本作“王”，誤。四庫文淵閣本、《湖北先正遺書》本均作“玉”，據改。

〔4〕光，四庫文淵閣本、《湖北先正遺書》本均作“來”。

贈李仙姑

何年萼緑華，來降地仙家。花擁青鸞節，香隨白鹿車。清輝回雪月，玄想結雲霞[1]。不赴瑶池宴，桃開幾度花。

【校記】

〔1〕玄想，四庫文淵閣本、《湖北先正遺書》本均作“元想”，因避康熙諱改。

五言排律

送武昌鐵佛寺盟長老還襄陽[1]

盟居襄陽，父死方在殯，遇亂，奉母逃難江南，餘三十年。嘗典藏鑰於蔣山[2]，主武昌鐵佛寺，而重興之[3]。及今道路既通，乃奉母北歸，而葬其父喪。士大夫以爲方外所未有，咸作詩文美之。鶴年因制五言排律二十韻，以附其卷末云[4]。

襄漢揚波日，江湖避地時。行行隨老母，處處禮名師。雲水元無住，風塵信所之。睦州勤奉養[5]，江革備艱危。掌鑰鐘山下，傳燈鄂渚湄。賸翻龍藏典，幾詠鶴樓詩。深嘅叢林廢，真成一木支。銅仙頻閲世，鐵佛重開基。法几雕文貝[6]，靈旛刺彩絲。雲鐘晨縹緲，月殿夜參差。已悟無生法，還興罔極悲。他鄉流徙遠，先壟奉遷遲。澒洞今方息，旋歸故可期[7]。望雲雙淚瀉，計日寸心馳。官柳催飛錫，曇花侑奠儀。既明埋玉理，豈是繫珠癡。定應眠牛兆，毋生觸鹿疑。春暉憐舊線，秋露薦新祠。生死俱無憾，諸方起孝思。

【校記】

〔1〕詩題，四庫文淵閣本、《湖北先正遺書》本均無“武昌”二字。

〔2〕嘗典藏鑰，四庫文淵閣本、《湖北先正遺書》本均作“常典藏鑰”，疑誤。

〔3〕重興之，四庫文淵閣本、《湖北先正遺書》本均作“振興之”。

〔4〕“以附”句，四庫文淵閣本、《湖北先正遺書》本均作“附卷末”。

〔5〕勤，原本作“勒”，四庫文淵閣本、《湖北先正遺書》本均作“勤”。董金鑒續校：“勒字，誤，原作勤。”據改。

〔6〕貝，四庫文淵閣本、《湖北先正遺書》本均作“具”。

〔7〕“他鄉流徙遠”四句，四庫文淵閣本、《湖北先正遺書》本均作“他鄉敷教律，有母共追隨。卜兆將營葬，言歸故可期”。

送鐵佛寺益公了庵朝京遊浙

世尊出西域，教化極東土。大道本無爲，盛德人所慕。只今滅度二千年，授經弟子如親傳。我生懶癖苦貪佛[1]，或謂三生有勝緣。武昌鐵佛古名刹，兵燹薦臻孰承乏。益公崛起振宗風，至味啖人如嚼蠟。相逢一笑即相親，下榻東軒忘主賓。熏爐茗椀坐清夜，從容軟語温如春。曉來别我朝京國，短策輕包適吴越[2]。吴越山水天下奇，寶坊金刹皆人傑。公今參訪必遇人，六根一掃無纖塵。錢唐潮音華頂月，獨露堂堂見本真。從此平生大事畢，頓覺身心樂無極。踢翻大海水逆流，半夜中天出紅日。我有故人僧中雄，不遠千里來詩筒。煩公問訊向何處，説法今留兜率宫。

【校記】

〔1〕懶癖，各本均作“懶僻”，胡珽校識：“僻字，元本作癖。”據改。

〔2〕輕包，四庫文淵閣本、《湖北先正遺書》本均作“輕袍”。

七言律詩

題昌國普陀寺二首

寺在浙江寧波府東南海島間，即昌國州之故墟也〔1〕

神鼇屹立戴崔嵬，俯瞰滄溟水一杯。積翠自天開罨畫，布金隨地起樓臺。祈靈漢使乘槎到，傳法胡僧折葦來。若使祖龍知勝概，豈應驅石訪蓬萊。

一從劫火起燕然〔2〕，宇内名山悉變遷。古刹獨存龍伯國，豐碑猶記兎兒年。三更日浴咸池水，八月潮吞渤海天。雲漢靈槎如可御，便應長往問群仙。

【校記】

〔1〕原本無題下小序，據四庫文淵閣本、《湖北先正遺書》本補。

〔2〕“一從”句，四庫文淵閣本、《湖北先正遺書》本均作“昆明劫火忽重然”。

寄見心長老二首 時陞住靈隱，號天香老人〔1〕

豫章老子最能文，禪海詞林總逸群。弧矢機鋒天下避，圭璋聲價日邊聞。晝長經閣翻新鈔，歲晚詩壇策舊勛。自古靈山名勝地，幾多龍象望慈雲。

上方借榻動經春，道義交情久更親。滌器每憐司馬病，卓錐不厭仰山貧。茶煙隔座論文夜，花雨沾筵聽法晨。一自天香通鼻觀，六根無處著纖塵[2]。

【校記】

〔1〕原本無“號天香老人”五字，據四庫文淵閣本、《湖北先正遺書》本補。

〔2〕原本詩末有注文：“師，號天香老人。”

秋夜宿定水寺天香閣有懷見心長老

寂寂雙峰映澗流，重來托宿敞雲樓。窗涵虛白三更月，簾捲空青一色秋。頗有高情酬勝賞，可無奇句入冥搜。天風開遍岩前桂，誰爲蒸香寄澹遊。

寄昌國濟汝舟長老先兄太守嘗題詩于裏方丈[1]

西江禪伯住東溟，境接蓬萊地最靈。淅水秋濤浮座白[2]，扶桑朝影拂檐青。已無鶴近雲間錫，祇有龍聽月下經。李白騎鯨天上去，題詩誰復扣岩扃。

【校記】

〔1〕詩題序，四庫文淵閣本、《湖北先正遺書》本無“裏”字。

〔2〕淅水，原本作“浙水”，四庫文淵閣本、《湖北先正遺書》本均作“析木”。胡珽校識：“淅水，元本作淅水。”據改。

寓奉化寺寄菩提寺主

菩提嶺外空王寺，丹磴行穿虎豹群。萬壑濤聲岩下瀑，千峰雨氣屋頭雲。海龍送水金瓶貯，天女懷香寶鼎焚。慚愧無緣塵土客，朝朝鐘鼓下方聞。

奉寄恕中韞禪師

曾向名山識異人，心如木石氣如春。坐禪霜葉秋埋膝，行道天花日繞身。有鉢相傳元是幻，無錐可卓本非貧[1]。惟餘潭底中秋月，對寫龍峰面目真。時留龍峰傳燈。

【校記】

〔1〕卓，四庫文淵閣本、《湖北先正遺書》本均作“著”。

寄龍門海禪師

予自海東初回龍門，嘗招予入社，故有還家鶴之喻[1]。

曾向龍門俯急流，泰山如垤海如漚。學仙漫比還家鶴，作佛須看露地牛。遠岫孤雲歸薄暮，澄潭一月印新秋[2]。葛川舊有三生約[3]，擬策枯藤到上頭。

【校記】

〔1〕詩序，四庫文淵閣本、《湖北先正遺書》本“喻”後有“也”字。

〔2〕新，四庫文淵閣本、《湖北先正遺書》本均作“清”。

〔3〕有，《湖北先正遺書》本作“主”。

寄東湖濬天淵長老伯仲

平湖一鑑涵空明，千鬟照影群峰晴。慈雲或將花雨過，幽泉盡學松濤鳴。清猨對户忽長嘯，老鶴下階時獨行。何人最得此中趣，無著天親好弟兄。

送鍠聲外侍者還定水寺侍者乃見心長老入室高弟

侍者還山修白業，何須門外問三車。微塵有相皆成幻，大道無岐直到家。月滿秋岩收桂子，雪消春澗采蒲芽。阿師弘教人獅子[1]，佇見傳衣後代誇。寺有天香室、蒲庵，故云。

【校記】

〔1〕弘，四庫文淵閣本避諱省筆，《湖北先正遺書》本作"宏"。

送信立庵長老住靈岩寺

寺即吴王避暑宫池，山中古迹有香徑、硯池、涵空閣

上人駐錫靈岩寺，正是諸天聽法時。日下幡幢朝旎旎，雲間鐘鼓書遲遲。殘紅掩冉迷香徑，空翠溟濛落硯池。不盡平生懷古意，涵空閣上一題詩。

題東湖青山寺古鼎銘長老鍾秀閣

手開樓閣貯群經，面對湖山衛百靈。玉鏡夜寒通沆瀣，翠屏秋净倒空青。避煙鶴起檐間樹，行雨龍歸几上瓶。我亦逃禪雲水客，便應蕭散共松扃。

題濬天淵長老二靈山房在東湖[1]

寶刹憑虚户牖開，群峰北走水南回。六鼇夜湧金銀闕，九鳳朝翔紫翠堆[2]。日静雲間飛錫下，月明天上渡杯來。談玄每就岩房宿[3]，最愛三車有辯才[4]。

【校記】

〔1〕詩題，四庫文淵閣本、《湖北先正遺書》本均作“題二靈山房——在東湖爲濬天淵長老作”。

〔2〕朝翔，《湖北先正遺書》本作“朝陽”。

〔3〕談玄，四庫文淵閣本、《湖北先正遺書》本均作“談元”，因避康熙諱改。

〔4〕辯，四庫文淵閣本、《湖北先正遺書》本均作“辨”。

澹然齋爲慈溪潤上人賦[1]

寂寂禪扃掩晝陰，阿師道味此中深[2]。一塵不涉冰霜操，萬境俱空水月心。駐屐寒香生小徑，捲簾秋色上疏林。莫愁客至無清供，玄酒盈樽好共斟[3]。

【校記】

〔1〕詩題，四庫文淵閣本、《湖北先正遺書》本均作“題澹然齋——爲慈溪閏上人賦”。

〔2〕阿師，《湖北先正遺書》本作“呵師”。

〔3〕玄酒，四庫文淵閣本、《湖北先正遺書》本均作“元酒”，因避康熙諱改。

悠然軒爲慈溪敉上人賦

香消静室定回時，真趣忘言祇自知。雲淡風輕天蕩蕩，鳶飛魚躍晝遲遲。傳來西竺元無法，坐對南山或有詩。不是淵明來入社，百年誰與共襟期。

清勝軒爲姑蘇潤上人賦〔1〕

繞屋松杉手自栽，重陰長日護蒼苔。一溪窈窕花間入〔2〕，三徑參差竹下開。夜半霜鐘寧假莛〔3〕，秋深月鏡本無臺。主人定起焚香坐，何處扁舟棹雪來。

【校記】

〔1〕詩題，四庫文淵閣本作“清勝軒——爲姑蘇潤上人作”，《湖北先正遺書》本作“清勝軒——爲姑蘇閏上人作”。

〔2〕窈窕，原本作“窕窈”，四庫文淵閣本、《湖北先正遺書》本均作“窈窕”。胡珽校識：“窕窈，誤，元本作窈窕。”據改。

〔3〕假莛，《湖北先正遺書》本作“假達”。

些子景爲平江韞上人賦〔1〕

尺樹盆池曲檻前，老禪清興擬林泉。氣吞渤澥波盈掬，勢壓崆峒石一拳。仿佛煙霞生隙地，分明日月在壺天。旁人莫訝胸襟隘，豪髮從來立大千〔2〕。

【校記】

〔1〕詩題，四庫文淵閣本、《湖北先正遺書》本均作“些子景——爲平江

轀上人作”。

〔2〕豪，四庫文淵閣本、《湖北先正遺書》本均作“毫”。

半村詩爲姑蘇信立庵禪師賦〔1〕

庵居背郭稱疏慵，道韻清孤野趣濃。花徑縈回通小市，竹窗窈窕納遥峰。五更風遞嚴城角，半夜霜清古寺鐘〔2〕。昨日鄰翁告東作，四郊春雨起降龍〔3〕。

【校記】

〔1〕詩題，四庫文淵閣本、《湖北先正遺書》本均爲“半村——爲姑蘇信立庵禪師作”。

〔2〕霜清，《湖北先正遺書》本作“霜沉”。

〔3〕“四郊”句，四庫文淵閣本、《湖北先正遺書》本作“四郊春起降雲龍”。

雲石詩爲貞長老賦〔1〕

坐石看雲絶百非，空山終歲澹相依。卧龍春暖潛噓氣，伏虎年深不振威。已向諸天陳瑞彩，更從歷劫拂銖衣。驀然觸著無拘礙〔2〕，蕩蕩乾坤自在飛。

【校記】

〔1〕詩題，四庫文淵閣本、《湖北先正遺書》本作“雲石——爲貞長老作”。

〔2〕礙，《湖北先正遺書》本作“擬”，誤。

白石詩爲琦公宗師賦〔1〕

雪色雲根出翠微，堅貞不與道心違。塵空自比仙人鏡〔2〕，路滑誰參佛祖機。豈爲礪金希世用[3]，都緣韞玉發山輝。點頭默契生公法，絶勝商歌歎短衣。

【校記】

〔1〕詩題，四庫文淵閣本作“白石——爲琦公宗師作”，《湖北先正遺書》本作“白石——爲吴公宗師作”。

〔2〕仙人鏡，四庫文淵閣本、《湖北先正遺書》本均作“神仙鏡”。

〔3〕希世用，《湖北先正遺書》本作“非世用”。

寓東湖二靈寺

二靈古稱山水窟，興來獨往亦一奇。扣舷時聞小海唱，奪卷復覩長江詩[1]。月中聽鶴坐不寐，煙外盟鷗歸每遲。桃花流水儻得路，便應黄髪爲漁師。

【校記】

〔1〕奪卷，四庫文淵閣本、《湖北先正遺書》本作“奪海”。

次義上人韻

冥棲九隴傍雲松，茗盌熏爐取次供。月滿長空秋放鶴，雨昏大海晝降龍。病中普施諸方食，定裹長聞上界鐘。明哲古來多玩世，不妨隨處舞三節。

再用前韻贈祖庭興上人

匡廬攬秀昔巢松，水色山光左右供。日下奇峰金作鳳，雲間飛瀑玉爲龍。撲簾空翠沾晴几，拍枕寒濤隱暮鐘[1]。從此胸中富丘壑，乾坤萬里一吟笻。

【校記】

〔1〕拍枕寒濤，《湖北先正遺書》本作“枕枕寒濤”，疑誤。

悼湖心寺壁東文上人

祇林一葉隕秋霜，回首滄洲淚兩行。几上殘經塵已暗，篋中遺稿墨猶香。雲迷圓澤三生石，月冷維摩十笏房。想像清容何處記，寒梅的的竹蒼蒼。

山居詩呈諸道侶三首

一榻東軒迴絶緣，寒岩枯木共忘年。雖非悟道龐居士，豈是耽詩賈閬仙。禪定儘教崖石坐，法音都付澗湍傳。騰騰終日無他伎〔1〕，只辨飢餐與困眠。

日日看山眼倍明，更無一事可關情。掃開積雪岩前坐，領取閑雲隴上行。不共羽人談太易〔2〕，懶從衲子話無生。劃然時發蘇門嘯，遥答風聲及水聲。

懶散形骸不自持，黄冠聊束鬢邊絲。頻來猨鶴渾相識，久混龍蛇竟不知。養拙最宜情澹泊，全生深藉德支離。看雲本自忘飢渴，況有冰泉與石芝。

【校記】

〔1〕騰騰，四庫文淵閣本、《湖北先正遺書》本均作“晴窗”。

〔2〕談太易，《湖北先正遺書》本作“談木易”，誤。

逃禪室解嘲

久慕陶公卧北窗，還從馬祖吸西江。掃愁那用千金帚，折慢惟瞻七寶幢。日晏捲簾延疊嶂，雨晴欹枕聽流淙。周妻何肉俱無累，祇有詩魔老未降[1]。

【校記】

〔1〕老，原本作"孝"，四庫文淵閣本、《湖北先正遺書》本均作"老"。董金鑒續校："孝，當老。"據改。

寄鄭高士

閉門凝坐學長生，七返還丹一息成。野服春深裁白苧，山庖日午薦青精[1]。煙中鹿引朝真駕，月下鸞隨度曲笙。却笑秦人太癡絶，樓船萬里訪蓬瀛。

方瞳廣顙古先生[2]，氣秉先天獨混成。辟穀齋房餐石髓，采苓幽澗役山精。星辰夜動龍纏劍，風露秋清鶴載笙。别後仙蹤杳難覓，相思幾度夢登瀛。

【校記】

〔1〕青，四庫文淵閣本、《湖北先正遺書》本均作"黄"。

〔2〕古，原本作"占"，應誤。四庫文淵閣本、《湖北先正遺書》本均作"古"，據改。

七言絶句

元旦與天淵長老雪中泛溪因而嘲及[1]

不將柏葉圍爐飲，却爲梅花放棹看。詩在灞橋驢子上，阿師空忍雪山寒。

【校記】

〔1〕詩題，四庫文淵閣本、《湖北先正遺書》本均作“元日與天淵長老雪後泛溪”。

迎大年椿上人不值暮歸偶成[1]

東歸聞道已浮杯，力疾遥迎日幾回。何處晚來成誤認，風簾竹影月窗梅。

【校記】

〔1〕詩題“不值”，《湖北先正遺書》本作“不植”，誤。

題大年椿上人《梅花》

娟娟净色雪消餘，剪剪寒香月上初。標格若教諸佛見，肯將薝蔔譬真如。

寄龍門禪師二首 師自號補衲

上方樓閣閟煙霞，補衲重來歲月賒。拄杖入門如隔世，依然翠竹對黄花。

靈山積雪赤城霞，咫尺東西路不賒。破碎衲衣剛補就，不煩天女散天花。

題《天師竹》

琅玕仙節鬱蕭森，知受三天雨露深。投老相求訪真訣，獨騎龍杖度千岑。

卷　　四

續集兵後還武昌所作

五言古詩

戇　　庵[1]

鄞江張孟善氏，貌古性方，好直言。慕王陵、汲黯之爲人，與俗多忤，因扁其所居之室曰“戇庵”以自况。室傍别開小圃，圃中無花卉蔬果之冗，唯植藥數畦，以資鄰里之貧病者。其友西域鶴年，取古史苦言藥也之遺意，作戇夫治藥圃詩以貽之。其詞曰：

小圃不盈畝，偪側背江郭。種藥有戇夫，庵居甘澹泊。參苓充服食，杞菊成帷箔。抱甕不辭勞，荷鋤寧改樂。平生慕陵黯，直道盡謇諤。固知逆耳言，即是瞑眩藥。世無狄公籠，誰收治民瘼。何須持方枘[1]，齟齬納圓鑿。余亦種瓜人，歲晏同盤礴。

【校記】

〔1〕詩題原本無，據四庫文淵閣本、《湖北先正遺書》本補。

〔2〕枘，四庫文淵閣本作“柄”，原本胡珽按：“元刻、明刻枘俱作柄，今改正。”

贈醫士樂孟傑

越人有至鑒，明德以爲基。視疾洞表裏，談笑驅三尸。神聖不自居，托人飲上池[1]。今人重勢利，晝夜營己私。心志先蠱惑，仁術詎能推[2]。明哲有深戒，弗治爲中醫。樂也孝廉士[3]，天錫仁壽資。蚤歲失所怙，長懷罔極悲。力學岐黄術，百歲奉慈闈。朱顔映華髪，和氣春熙熙。因推老老意，遂及親與知。東鄰抱膏肓，西里困瘖痍。刀圭一入口，沈痼忽若遺。樂也無德色，賢聲日四馳。越人久羽化，緒言百世師。今古不二致，樂也其勉之。

【校記】

〔1〕人，四庫文淵閣本、《湖北先正遺書》本均作“以”。

〔2〕詎能推，《湖北先正遺書》本作“安所施”。

〔3〕“明哲有深戒”三句，四庫文淵閣本、《湖北先正遺書》本作“大厦既已傾，一木何能支。孟傑古廉士”。

梅林書屋爲四明陸秀才賦

陸郎好修士，讀書梅屋下。冰雪共清寒，風月同瀟灑。彈琴聊對花，調鼎須待賓。豈無松竹交，歲晚爲三益。

題畫二首[1]

天連翠障開，雨挾銀河瀉。中有澹蕩人，於焉結茅舍。朝漁曲渚湄[2]，暮獵平林下。危途策羸驂，汩汩胡爲者。

荒荒野日低，漠漠江雲冷。喬林延暮光，澄波浴秋影。高人千載懷，乾坤一漁艇。

【校記】

〔1〕詩題，四庫文淵閣本作“題畫竹”一首，“又”一首；《湖北先正遺書》本作“題畫”一首，“又”一首。

〔2〕曲渚湄，四庫文淵閣本、《湖北先正遺書》本均作“曲水濱”。

送赤土磯巡檢徐白任滿

人生天地間，忠孝理最大。之子知所先，秉之若珪玠[1]。小試弓刀職，長懷襁褓恩。由來忠藎士，多出孝義門。便便善辭令，濟濟習容止。忠孝苟不立，絺繡加犬豕。羡子負才氣，玉立當青春。一飯不遑暇，志在君與親。桓桓領壯夫，赫赫巡大邑。鴟張悉就捡，鼠竊亦屏息。耕桑各按堵，老稚春風中。瓜期忽已届，入謁蓬萊宮。車騎挽莫留，别我大江側。臨岐欲贈言，老病多慚德。青雲賢路開，俊乂俱登庸[2]。自此躋膴仕，毋忘孝與忠。

【校記】

〔1〕珪，四庫文淵閣本、《湖北先正遺書》本均作“圭”。

〔2〕乂，原本作“又”，四庫文淵閣本、《湖北先正遺書》本均作“乂”。董金鑑續校：“又，當作乂。”據改。

題胡公鼎碧梧軒[1]

威鳳出羽族，乃爲王者瑞。飛翔九千仞，覽德斯一至。和鳴周室興，來儀舜廷治。高軒植碧梧[2]，萬一幸而致。慨然千載懷，孰敢謂不智。奈彼積石遥，來往良不易[3]。先生人中鳳，文章五色備。肯作朝陽鳴，亦足瑞斯世。

【校記】

〔1〕詩題，四庫文淵閣本、《湖北先正遺書》本均作“題碧梧軒——爲胡公鼎作”。

〔2〕碧梧，四庫文淵閣本、《湖北先正遺書》本均作“北梧”。

〔3〕來往，四庫文淵閣本、《湖北先正遺書》本均作“往來”。

七言古詩

贈相工宋忠臣姜才之孫姜奉先〔1〕

德祐忠臣好孫子，爛爛目光岩電紫〔2〕。人間富貴等浮雲，瑣瑣何煩挂唇齒〔3〕。灩澦險，蜀道難，曳裾傍人多厚顔。留取乾坤雙老眼，夕陽牛背看青山。

【校記】

〔1〕原本無題序，據四庫文淵閣本、《湖北先正遺書》本補。

〔2〕電，《湖北先正遺書》本作“雷”，疑誤。

〔3〕唇，原本作“脣”。胡珽校識：“脣字，元本作唇。”據改。

書揭秘監所撰《李處士墓銘》後爲孝子李思親作〔1〕

亭亭高岡松，上有雙棲烏。朝出營其巢，暮歸哺其雛。雌雄和鳴尾畢逋，巢成雛長烏雙殂。月明夜静雛影孤，南飛繞樹聲號呼。西溪之滸南山之隅，銜土爲墓口卒瘏。蓬萊老仙憫其慈孝俱，錫以五彩鳳凰羽。徑寸驪龍珠，光芒晝夜燭墓廬。哀衷既慰情始舒〔2〕，振迅羽翮思天衢。故巢歲晚牖户虚，飄飖風雨無時無，纏綿補葺良艱劬。君不見秦家桂樹空扶疏，高枝却使鵰梟居。

【校記】

〔1〕原本詩題作“李孝子思親詩書揭秘監所撰李處士墓銘後”，無題序，據四庫文淵閣本、《湖北先正遺書》本增補。

〔2〕哀衷，四庫文淵閣本、《湖北先正遺書》本作“哀哀”，疑誤。

奉寄武昌南山白雲老人

姓衛，字均執，先人時故舊，家居，未嘗入城市，聞鶴年辛苦遠還，遣子弟問遺不絶。鶴年足疾日劇，弗克往拜床下，謹奉拙詩，少致謝[1]。

故人家住南山下，心與白雲共瀟灑。芝草遥賡黄綺歌，蓮花近入宗雷社。嗟予江海避風塵，白首歸來失所親。青眼相看如昔日，只有南山與故人。

【校記】

〔1〕原本有題序作“老人姓衛，字均執”，據四庫文淵閣本、《湖北先正遺書》本補改。

送蔡士廉舍人奔訃還四明[1]

公家東海濱，我昔共鄉縣。今同寓鄂渚，十年不一見。公從藩府典禮儀，入侍須早出每遲。不將泛愛要鄉譽，直以孤忠結主知。雪松貞操寒逾勁，冰蘗清聲老更馳[2]。府中諸彦皆人傑，政事文章稱二絶。重公質樸古人風，平揖下堂要磬折[3]。身名俱泰心獨悲，甘旨親庭千里隔。一朝海鶴寄雲緘[4]，阿翁已作蓬萊客。仰觀喬木戰飄風，五内分崩面深墨。我聞往吊始見公，我足蹣跚公鬓白。相看話舊重咨嗟，少日風流那復得。花明春泛越王湖，月皎秋尋賀公宅。賞花弄月秋復春，詩酒清狂多故人。直倚青年驕白日，豈知碧水揚黄塵。從此東西各星散，我憶同遊如夢幻。秋風江海漫思鱸[5]，夜雨關河愁聽雁。公當大事賜告歸，片帆東下孤雲飛[6]。里中長老久相待，一見喜極還沾衣。儻問題詩者誰子，道即遼東丁令威。

【校記】

〔1〕詩題"訃"，原本作"赴"，四庫文淵閣本、《湖北先正遺書》本均作"訃"。胡珽校識："赴字，元本作訃。"據改。

〔2〕蘗，《湖北先正遺書》本作"玉"。

〔3〕磬折，原本作"罄析"，四庫文淵閣本、《湖北先正遺書》本均作"磬折"，據改。

〔4〕海鶴，《湖北先正遺書》本作"鶴海"。

〔5〕江海，原本作"江上"。胡珽校識："上字，元本作海。"據改。

〔6〕雲飛，原本作"飛雲"，不押韻。四庫文淵閣本、《湖北先正遺書》本均作"雲飛"，押韻，據改。

送奉祠王良佐奔訃還鄒城[1]

鄒爲禮義鄉，自昔多名士。佐也游夏徒，力學能崛起。三冬文史富才華，萬言入對天王家。騎蟾秋折廣寒桂，走馬春看長安花。承恩筮仕御史府，風生臺閣膺僉舉。雅知嚴敬授祠官，奉禮山川來大楚。祠宫清暇日有餘，焚香危坐讀父書。門外猶維桓典馬，釜中屢出萊蕪魚。嗟予老病衡茅下，時人棄置如土苴。多公高義數相過[2]，茅塞心胸賴陶寫[3]。霜風一夜吹庭闈，椿萱並瘁色養違。再拜親王揮涕出[4]，千里看雲匍匐歸。佳城已卜牛眠地，屏立泰山帶圍泗[5]。種松畚土展孝誠，傍水依山礪仁知。知明仁熟政乃工[6]，終喪還謁蓬萊宫。致君堯舜付公等，佇令四海回淳風。五風十雨年屢豐，吾何幸爲田舍翁。

【校記】

〔1〕詩題“鄖”，四庫文淵閣本、《湖北先正遺書》本均作“兖”。下文同。

〔2〕義，《湖北先正遺書》本作“誼”。

〔3〕寫，四庫文淵閣本、《湖北先正遺書》本均作“瀉”。

〔4〕“再拜”句，四庫文淵閣本作“再拜夫顔零洋出”，《湖北先正遺書》本作“再拜滂沱悲涕出”。

〔5〕立，《湖北先正遺書》本作“繞”。

〔6〕工，四庫文淵閣本、《湖北先正遺書》本均作“攻”。

送奚仲瑛進士服闋朝京

奚郎健筆凌高秋，排雲直上蟾宫遊。一枝丹桂許先折，歸來兩袖天香浮。早年掄材服官政，百里秋毫歸藻鏡。躬承天語佐夏官，幕下清談烽燧静。家書忽報丁内艱，讀禮還依孔子山。教育英才樂人樂，一旦徵書到岩壑。鯤鵬從此徙南溟，鳳凰仍舊巢阿閣。

題王大使《望雲思親圖》〔1〕

山人愛雲不離山，巢居只在雲松間。枕泉漱石弄明月〔2〕，此心真與雲俱閑〔3〕。達官愛雲雲作侣，平步青雲稱高舉。天瓢一滴慰蒼生，大旱用汝爲霖雨。王公出處與此二者殊，十年遊宦感離居。衣上猶存慈母綫，手中長把嚴君書。日日看雲不遑暇，爲有吾親舍其下。恨身不得逐雲飛，却寫飛雲入圖畫。公餘展翫凝心神，見雲如見吾雙親。卷圖仍寄吾親舍，永奉高堂長壽身。狄公盛事王公繼，今古孝思同一致。

【校記】

〔1〕詩題，四庫文淵閣本、《湖北先正遺書》本均作“望雲思親圖——爲王大使作”。

〔2〕石，四庫文淵閣本、《湖北先正遺書》本均作“玉”。

〔3〕真，《湖北先正遺書》本作“直”。

紫芝山房四明胡處士夢紫芝生於別墅[1]，因置墓廬

先翁胸中有丘壑，預築園亭向山郭[2]。清宵忽夢紫芝生，地靈獻瑞真佳城。只今諸孫仍肯構，風姿曄曄如芝秀[3]。一門朱紫自此升，始知吉夢爲休徵。始知吉夢爲休徵，千載無慚下馬陵。

【校記】

〔1〕題序“四明”句，四庫文淵閣本、《湖北先正遺書》本均作“爲四明處士夢紫芝生於別野”。

〔2〕預，四庫文淵閣本、《湖北先正遺書》本均作“豫”。

〔3〕曄曄，四庫文淵閣本、《湖北先正遺書》本均作“矯矯”。

五言律詩

題宋貢士《袁庸死節傳》後四明人

始獲鄉闈薦，俄驚國祚傾。丹心回日馭，赤手抗天兵。自可敦衰薄，何煩校死生[1]。文山嘉傳在，端合附高名。

【校記】

〔1〕校，四庫文淵閣本、《湖北先正遺書》本均作“較”。

送定海許縣丞代作[1]

蛟門佐邑滿，南去候庭闈。雨露隨花綬，雲霞避彩衣。賢聲今已著，色養舊無違。萬里滄溟月，清秋作伴歸。

【校記】

〔1〕代作，四庫文淵閣本、《湖北先正遺書》本均無此。

送鄞縣鮑秀才代作[1]

貧病吾何有，深慚鮑叔知[2]。可堪遲暮日，翻值別離時。霜月棲烏府，風雲浴鳳池。壯游如得意，音問莫教遲[3]。

【校記】

〔1〕代作，原本作“作代”，四庫文淵閣本、《湖北先正遺書》本均無此。胡珽校識：“作代，誤，元本代作。”據改。

〔2〕慚，《湖北先正遺書》本作“漸”，誤。

〔3〕遲，《湖北先正遺書》本作“違”。

題葉處士《湖山獨步圖》[1]

杖屨湖山外，悠然與世違。水邊延月上[2]，岩際待雲歸。隨鹿過樵徑，看鷗到釣磯。只今瞻畫像，猶想挹清輝。

【校記】

〔1〕詩題，《湖北先正遺書》本無“葉處士”三字，四庫文淵閣本作“題《湖山獨步圖》——爲葉處士作”。

〔2〕延，《湖北先正遺書》本作“圓”。

慈溪歸隱爲馮子木大尹賦〔1〕

舊隱慈溪上，歸休足自怡。水翻琴上曲，山送畫中詩。叢菊秋容澹，孤松晝景遲。依然對猿鶴，無愧《北山移》。

【校記】

〔1〕詩題，四庫文淵閣本、《湖北先正遺書》本均作“慈溪歸隱——爲馮子木大尹作”。

題《四明倪仲權處士小像》〔1〕

松間新雨過，清覽出亭皋。雲逐青驄馬，風生白苧袍。幽懷隨地遠，詩興與秋高。囊錦歸時重，應知從者勞。

【校記】

〔1〕詩題，四庫文淵閣本、《湖北先正遺書》本均無“小”字。

介石齋爲四明倪克介賦〔1〕

介石存中正，能爲逸豫防。礪金緣最勁，攻玉豈徒剛。貞德南山配，神機北斗當。補天應有待，五色爛文章。

【校記】

〔1〕詩題，四庫文淵閣本、《湖北先正遺書》本均作“題介石齋——爲四明倪克介作”。

�軒爲定海胡處士賦〔1〕

種竹繞前楹，年深勁節成。薄雲通雨氣，清夜動秋聲。魚豕空遺簡，鸞凰合度笙。往來三徑熟，不負歲寒盟。

【校記】

〔1〕詩題，四庫文淵閣本、《湖北先正遺書》本均作“題筠軒——爲定海胡處士賦”。

漁村書隱爲四明李處士賦〔1〕

彼美藏修者，爲漁住海鄉。傍沙觀鳥跡，臨水映螢光。舟楫須經濟，絲綸擬對揚。得魚供色養，彩服日升堂。

【校記】

〔1〕原本無題序，據四庫文淵閣本、《湖北先正遺書》本補。

静樂齋爲寧都鄧處士賦〔1〕

寂寂幽棲地，無營足自怡。清泉流道脈，白月净詩脾。每到忘機處，翻爲得意時。豁然成猛省，太極是吾師。

【校記】

〔1〕詩題，四庫文淵閣本作“静樂齋——爲寧都鄧處士賦”，《湖北先正遺

書》本作“静樂堂——爲寧都鄧處士賦”。

勉濟國諸郎

濟國諸公子，風標各擅場。青陽生玉氣，白月隱珠光。閥閲家聲重，詩書世澤長。直須同素志，早爲繼遺芳。

挽四明樂仲本先生二首[1] 被誣冤死京獄

斯人嗟已矣，吾道轉銷沉[2]。文物超前古[3]，功名困至今。空山方泣玉[4]，同舍忽誣金。白首號天處，飛霜六月深。

昔訪幽棲地，論文十日還。圖書花竹裏，窗户水雲間。一别成千載，孤魂隔萬山。裹鷄吾老矣，東望涕長潸。

【校記】

〔1〕詩題，四庫文淵閣本、《湖北先正遺書》本作“挽四明樂仲先生”一首，“又”一首。依全書體例補“二首”二字。

〔2〕銷沉，四庫文淵閣本、《湖北先正遺書》本均作“消沈”。

〔3〕超，四庫文淵閣本作“昭”，《湖北先正遺書》本作“招”。

〔4〕泣，胡珽校識：“泣字，元本作沽，今從明刻。”

挽繆將軍

大將捐公館，哀音徹帝廷。殞星芒角赤，馭日簡編青。禮賻膺天眷，佳城獲地靈。唯餘馮異樹，寂寞倚園亭。

武昌南湖度夏

南浦幽棲地，當門罨畫開。青山入雲去，白雨度湖來。石潤生龍氣，川光媚蚌胎。芙蕖三百頃，何處看炎埃[1]。

【校記】

〔1〕看，四庫文淵閣本、《湖北先正遺書》本均作“著”。

題奚仲英進士鵠山書堂[1]

已爲蟾闕彦，仍就鵠山居。彩服晨供饌，青藜夜照書。寒香三徑小，清籟四窗虚。仕學俱優日，承明别有廬。

【校記】

〔1〕詩題，四庫文淵閣本、《湖北先正遺書》本均作“題鵠山書堂——爲進士奚仲英作”。

送章彦端赴夔州太守

春雪遍林皋，清寒襲緼袍。題詩送賢守，呵凍强揮毫。别思巴江永，才名蜀嶺高。文翁嘉政在，化俗莫辭勞。

送儒士伯堅赴會試

天子興文治，春官策譽髦。魚龍争變化，麟鳳並遊遨。玉殿紅雲合，金門紫氣高。臚傳稱第一，宫柳映恩袍。

五言排律

静樂詩并序[1]

静樂者，章貢處士鄧翁之齋號也。翁已仙去，其子尚忠、尚信不忍死其親，猶求士人詩文以詠其潛德。予重二子之事死如事生也，製五言排律十韻寄之，以慰其孝思云。

高人嗟逝矣，静樂尚求詩。豈意無爲道，翻成罔極悲。二難勤繼述，一默付希夷。飲水心逾潔，看山意更遲。傷烏營冢日，吊鶴造廬時。霜露增新感，煙霞遂宿期。閉門春事去，隱几午陰移。未墜青雲志，仍工白雪詞。每憐司馬病，深忝叔牙知。慚愧無佳句，緘題慰孝思。

【校記】

〔1〕詩題，四庫文淵閣本、《湖北先正遺書》本均無“詩并序”三字。

七言律詩

《梅南老人讀易圖》爲四明陸都事賦[1]

晝省歸來謝縉紳[2]，傍梅觀易最清真。孤根下應先天氣，太極中含大地春。傲睨乾坤雙老眼，婆娑香影一吟身。歲寒莫問調羹事，且作耆英會裏人。

【校記】

〔1〕詩題，四庫文淵閣本、《湖北先正遺書》本均作“梅南道人讀易

圖——爲四明陸都事賦”。

〔2〕書，四庫文淵閣本、《湖北先正遺書》本均作“畫”。

題甬東故處士盛子暘方寸室以遺其子繼學〔1〕

道義謀生本自然，何煩負郭更求田。由來方寸留耕地，即是虛靈不昧天。春雨既濡先澤遠，秋風肯穫後昆賢。不忘種德辛勤意，餘慶朝朝大有年。

【校記】

〔1〕詩題，四庫文淵閣本、《湖北先正遺書》本均作“方寸室——爲甬東故處士盛子暘以遺其子維學”。

題故憲史徐子仁兄弟《南湖漁隱遺卷》〔1〕

冰蘗同聲想二難，南湖寄傲水雲寬。並投清憲飛霜簡，對把滄浪釣月竿。蟻夢無憑應易斷，鷗盟有待竟長寒。卷中名勝多親舊，三復遺文一永歎。

【校記】

〔1〕詩題，四庫文淵閣本、《湖北先正遺書》本均作“南湖漁隱——爲故憲史徐子仁兄弟題”。

瑞萱堂爲慈溪孫原道兄弟賦〔1〕

手種叢萱孝感深，陽和隨見破窮陰。侵淩雪色雙華萼，報答春輝寸草心。疏翠近分書帶碧，嫩黃遥映壽觴金。忘憂坐對高堂晚，更聽塤篪奏好音。

【校記】

〔1〕詩題，四庫文淵閣本、《湖北先正遺書》本均作“瑞草堂——爲慈谿孫原道兄弟賦”。

題四明董氏知歸庵〔1〕

袞袞紅塵未息機，斯人何事獨知歸。青山不辨將來計，白髮徒嗟既往非。谷口雲霞隨葛屨〔2〕，沙頭魚鳥識荷衣。自慚潦倒江湖表〔3〕，猶對旄丘賦式微。

【校記】

〔1〕詩題，四庫文淵閣本、《湖北先正遺書》本均作“知歸庵——爲四明董氏作”。

〔2〕谷口，四庫文淵閣本作“谷日”。

〔3〕慚，《湖北先正遺書》本作“漸”，誤。

題《九曲山房圖》夏母墓廬也〔1〕

九曲園亭結構牢，畫圖誰爲重揮毫。蛟虯起陸岩巒秀〔2〕，風雨號空樹木高。五夜神光通嶽氣，三秋明水薦溪毛。瀧岡墓表情何極，手把桮圈淚滿袍〔3〕。

【校記】

〔1〕詩題，四庫文淵閣本、《湖北先正遺書》本均作“九曲山房——夏母墓廬也”。

〔2〕虯，《湖北先正遺書》本作“螭”。胡珽校識：“虯字，元本、明刻並作蚪，今訂正。”

〔3〕圈，四庫文淵閣本、《湖北先正遺書》本均作“棬”。

樊口隱居爲武昌李君玉賦[1]

萬里雲霄斂翼回，挂冠高卧大江隈。春深門巷先生柳，雪後園林處士梅。翠擁樊山邀杖屨，緑浮漢水映樽罍。誰能領取坡仙鶴，月下吹簫共往來。

【校記】

〔1〕詩題，四庫文淵閣本、《湖北先正遺書》本均作“樊口隱居——爲武昌李均玉作”。

巽江草堂爲章貢鄧尚忠賦[1]

巽山環拱巽波涵，瀟灑茅堂在蔚藍。明月倒懸天上下，清風遠播地東南。尋盟鷗鷺閑情適，坐鎮魚龍老氣酣。最愛行藏兼吏隱，詩成應擬百花潭。

【校記】

〔1〕詩題，四庫文淵閣本、《湖北先正遺書》本均作“巽江草堂——爲章貢鄧尚志作”。

戲贈劉雲翁

千金不惜買新聲，贏得風流老更成。銀甕葡萄浮臘蟻，金屏窈窕囀春鶯。香凝宴寢頻開席，花暗閑房合度笙。夜燕未終賓客醉，莫將明燭照華纓。

戲贈應脩吉[1]

硯溪居士神仙侶，短髮蕭蕭雪滿簪。暖老恨無燕趙玉，養生賴有坎離金。床頭酒熟留僧飲，席上詩成對客吟。歲晚山空誰是伴，北窗梅月最知心。

【校記】

〔1〕應脩吉，原本作“應修吉”，各本同。胡珽校識：“修字，元本作脩。”據改。

題《長江萬里圖》[1]

右逾越嶲左蓬壺，萬里提封入壯圖。斷石雲屯山擁蜀[2]，驚濤雪立海吞吴。蟠桃有實來青鳥，若木無枝駐赤烏。秦漢經營人盡去，獨留形勝在寰區。

【校記】

〔1〕詩題，四庫文淵閣本、《湖北先正遺書》本均作“長江萬里圖”，無“題”字。

〔2〕雲屯，原本作“屯雲”，四庫文淵閣本、《湖北先正遺書》本均作“雲屯”，原本注：“珽按明刻屯雲二字乙轉。”據改。

錢塘懷古

錢塘佳麗冠南州，故國繁華逐水流。龍虎已消王霸氣，江山空鎖古今愁[1]。吴臣廟冷潮喧夜，宋主陵荒塔倚秋。最是西湖歌舞地，數聲漁笛散鳧鷗。

【校記】

〔1〕鎖，胡珽校識："鎖字，元本作鎮，今從明刻改。"

重到西湖

湧金風月昔追歡，一旦狂歌變永歎。錦繡湖山兵氣合，金銀樓閣劫灰寒。雪晴林墅梅何在[1]，霜冷蘇堤柳自殘。欲買畫船尋舊約，荒煙野水浩漫漫。

【校記】

〔1〕墅，四庫文淵閣本、《湖北先正遺書》本均作"野"。

題簡翁《水光林影圖》[1]

知是平泉是輞川，水光林影共悠然。薜蘿涼映紛紛月，蘋藻清涵湛湛天。微颭翠旗龍夭矯，倒開金鏡鳳翩蹮。此中真趣誰能辨，吏隱雲間一散仙。

【校記】

〔1〕詩題，四庫文淵閣本、《湖北先正遺書》本均作"水光林影圖——爲簡翁作"。

水光山色齋爲張勉夫賦勉夫，前朝搢紳也[1]

新構茅齋絶世紛[2]，水光山色喜平分。四窗涼湧玻瓈月，一榻晴封紫翠雲。鳥度畫屏迷遠黛，魚吹清鏡動圓紋。往來半是漁樵侶，閑話興亡坐夕曛。

【校記】

〔1〕詩題，四庫文淵閣本、《湖北先正遺書》本均作“水光山色齋——爲前朝搢紳張勉夫作”。

〔2〕構，原本作“搆”，四庫文淵閣本作“構”。胡珽校識：“搆字，元本作構。”據改。

假館武當宫承舒庵贈詩次韻奉謝二首

一歸琳館即逍遥，無復驅馳混市囂。載酒每承文士過，鬥茶頻赴羽人邀。三清風露從天下，五色雲霞匝地飄。匡坐不眠神益王[1]，静聽笙鶴度中宵。

去天尺五去人遥，地位清高隔世囂。秘閣校書多考索，初筵設醴重招邀。毋看賦雪才無敵[2]，便覺凌雲氣欲飄。枉騎敢煩臨暑夕，拏舟或可候寒宵。公約來就宿，時六月也[3]。

【校記】

〔1〕神益王，四庫文淵閣本、《湖北先正遺書》本均作“神益正”。

〔2〕毋，四庫文淵閣本、《湖北先正遺書》本均作“每”。

〔3〕也，四庫文淵閣本、《湖北先正遺書》本均無。

次𠙶翁《中秋詩》韻[1]

西風黄鶴舊磯頭，皓月中分此夕秋。烏鵲無依頻繞樹[2]，魚龍有喜競乘流。煙雲盡捲天逾大，河漢低垂地欲浮。擬買桂花陪勝賞，老來佳句恐難酬。

【校記】

〔1〕甴翁，《湖北先正遺書》本作“吴翁”。

〔2〕烏，《湖北先正遺書》本作“鳥”。

再用前韻

次年中秋，翁在史館，僕留鄂渚，悠然興懷，復用前韻以寄[1]。

庾公樓上鄂城頭，乘月今爲第幾秋？大地長天俱並照，明河晦海各分流。寒光下瀉方諸溢，顥氣高騰沆瀣浮。不見故人吴季子，百年清興若爲酬。

【校記】

〔1〕用前韻，原本作“用用韻”，顯誤。四庫文淵閣本、《湖北先正遺書》本作“用前韻”，據改。

送奉祠康仲謙致仕還陝西

大國祠官致仕歸，秋風祖帳足光輝。青松黄菊先廬在，白髮蒼顔故老稀。久奉山川諳祀典，遠迎鄉黨識朝衣。家居重念君恩厚，目送南來一雁飛[1]。

【校記】

〔1〕“目送”句，四庫文淵閣本作“日送南來一雁飛”，《湖北先正遺書》本作“日送南來一雁來”，疑誤。

送貝惟學武昌省親復還吴淞

黄鶴磯頭捲雪濤，孝廉舟穩載時髦。故廬先壟歸心切，慈母難兄別思勞。千里蒓羹宜具饌，三秋菊酒稱題糕。到家正及登高會，瀟灑誰同白苧袍。

送人使高麗

文物中朝宰相家，聯芳五桂至今誇。百年重喜孫枝盛，萬里遥瞻使節華。暘谷宵分賓日馭，天河秋早候星槎。朝鮮自昔知才辯，佇見勛名被邇遐。

秋素軒爲涂以諒賦

新凉夜透讀書帷，瀟灑軒居素景宜。黄菊有香風瑟瑟，白蓮無質月遲遲。垂綸水檻沙鷗狎，步屧柴門野鶴隨。除却天光與雲影，更無一物在襟期。

次韻陸伯暘《梅花詩》

小車厭看洛陽花，夢想林逋處士家。十里湖山春淺淡，一枝雪月夜横斜。孤高不受金尊賞，清泠無煩錦帳遮。今日重吟香影裏，百年風致未爲賒。

挽衛知事胡公鼎二首

江海論交四十年，故家文物羡君賢。燈前夜雨書連屋，花下春風酒滿船。舍瑟肯居曾點後，著鞭寧讓祖生先。他鄉重會情歡極，俄送輀車一泫然。

自構幽軒倚碧梧，琴樽時復集名儒。一官迢遞來黄鶴，五夜悲凉夢白駒。盛有良籌遺細柳，可無高義致生芻。孤兒扶柩歸程遠，啼殺林間返哺烏。

挽故豫章義士吴復原

挺生英傑百夫防，高義孤忠少頡頏。艱食屢分圖共濟，危城百戰誓同亡。延津劍去秋無氣，合浦珠還夜有光。三復園亭新墓表，哀榮寧獨在瀧岡。

挽吴公佑祭酒母劉夫人二首

淑容玉潤氣冰清，擇對仍歸間世英。四德遠從麟趾化，九苞親見鳳毛成。正當愛日調珍鼎，遽爾乘雲上玉京。回首仙蹤無覓處，雙峰雨露倍傷情。

母儀婦道重當今，共説天人獨苦心[1]。教子遂成雙白璧，救夫不惜萬黄金。家庭遺愛留名郡，父嘗爲興國監郡。阡表新銘出翰林。每遇良辰增孝感，板輿閑却在花陰。

【校記】

〔1〕共説天人，原本作“其説夫人”，四庫文淵閣本、《湖北先正遺書》本均作“共説夫人”。胡珽校識：“夫字，元本作天。”據改。

題吴公祐祭酒雙峰雨露亭

春到先塋雨露饒，思亭新構報劬勞。碧涵一水吞天闊，玉立雙峰拔地高。每想音容增怵惕，還因精氣感焄蒿。通家三世深恩在[1]，把筆題詩淚滿袍。

【校記】

〔1〕三，四庫文淵閣本、《湖北先正遺書》本均作“二”。

挽謝伯升母王安人

蘭蕙爲心玉作姿，閨門彝範後人師。齊眉致敬過賓禮，和膽資勤冠母儀。歲晚靈椿聯奕葉，春深文梓長孫枝。正當琴瑟偕娱老，豈意栝棬感孝思。

武餘清樂爲致仕尹將軍賦

汗馬功成即引年，登山臨水小遊仙。印紋久秘微生緑，字韻新成盡入玄〔1〕。深造煙霞靈運屐，嘯歌風月鄂君船〔2〕。貽謀尚有孫吴略，膝下時時課一篇。

【校記】

〔1〕玄，《湖北先正遺書》本作“元”，因避康熙諱改。

〔2〕嘯，四庫文淵閣本、《湖北先正遺書》本均作“浩”。

紫閣山房爲史仲魚賦

太華諸峰紫閣奇，結茅應不負幽期。遠分空翠來函谷，静寫脩蛾入渼陂〔1〕。紅日屋頭臨照近，白雲窗外卷舒遲。曳裾自到金門下，猨鶴無時惱夢思〔2〕。

【校記】

〔1〕陂，四庫文淵閣本、《湖北先正遺書》本均作“陂”。

〔2〕猨，四庫文淵閣本、《湖北先正遺書》本均作“猿”。

送長史管公時敏朝京

黄鶴樓前畫舫開，送車千輛動浮埃。楚人獨數蘇從諫，齊士誰過管仲才。報政每隨鵷鷺入，覽輝重見鳳凰來。君心江漢同東注[1]，一一敷陳對玉臺。

【校記】

〔1〕“君心”句，四庫文淵閣本、《湖北先正遺書》本均作“君心東注同江漢”。

次向士誠韻[1]

士誠爲予築行窩於寓舍，以詩見意，次韻奉謝云[2]。

道究先天太乙初，金門大隱復誰如[3]。已承丹篆三天籙，還讀青藜午夜書。華表忽歸遼海鶴[4]，仙庖頻食武昌魚。行窩處處春風裏，擬辦堯夫洛下車。

【校記】

〔1〕詩題“士誠”，四庫文淵閣本、《湖北先正遺書》本均作“自誠”。

〔2〕詩序，四庫文淵閣本、《湖北先正遺書》本均作“自誠爲予築行窩于所居，以詩見意，次韻奉謝”。以詩見意，董金鑒續校：“意，疑當作憶。”

〔3〕隱，四庫文淵閣本、《湖北先正遺書》本均作“德”。

〔4〕表，原本作“衣”，四庫文淵閣本、《湖北先正遺書》本均作“華表忽歸”。董金鑒續校：“衣，當作表。”據改。

得亡友郭至善醫士哀問二首[1]

不知大夢赴華胥，猶向來人問起居。藥圃春深餘故植，芸窗日永列遺書。獨憐宿草迷荒冢，安得生芻致倚廬。咫尺無由親執紼，深慚千里巨卿車。

俊骨英才孰與儔，華星明月照清秋。重傷賈誼年猶少[2]，深慟顔淵德最優。過墓自當留寶劍，濟河誰復共仙舟。極知修短俱天命，老淚無端似水流。

【校記】

〔1〕詩題，原本無"二首"二字，據四庫文淵閣本補。《湖北先正遺書》本誤作"一首"。

〔2〕年猶少，四庫文淵閣本、《湖北先正遺書》本均作"才無敵"。

題建昌王子中橋亭八景二首[1]

八景者，一曰澧陂春漲，有石梁長橋跨於陂上。一曰龍漈朝嵐，望之長山峻嶺，綿亘蜿蜒，有宅踞於山巔，相傳爲許旌陽故居，所謂香爐紫煙也。又有中華翠巘，峰頭有浮邱伯仙字。他若田東暮雨、天寶懸崖、聖容僧鐘、高原仙笛，攬之不盡，吟之不足。漫賦二律，以示王君，予蓋已卧遊其中矣。

橋亭風景洞天如，中有儒仙舊隱廬。春漲挼藍涵蝃蝀，曉嵐滴翠濕芙蕖。受詩華巘浮丘館，説劍香爐許令居。識得此中真面目，山光水色上衣裾[2]。

浮生自分老樵漁，收拾名山落筆餘。雲外懸崖飛屐上，雨中沃壤帶經鋤。疏鐘鯨吼霜華重，長笛龍吟月色虛。老我塵寰懷勝景，追遊早晚命巾車。

【校記】

〔1〕詩題，原本爲"寄題□□（缺二字）黄子中橋亭八景"，四庫文淵閣本、《湖北先正遺書》本均作"題建昌王子中橋亭八景"。原本及四庫文淵閣本全詩爲十二句，不合律詩要求。《湖北先正遺書》本爲律詩二首，且將句内注文整合爲詩序。今用此本，題加"二首"二字。

〔2〕胡珽校識："春漲句以下八句，每句提行頂格，其每句下空一格注八景名，八景下又作雙行。注内有石梁、長橋等句，至老我句，又提行頂格。今因詩集中從無此式，故從明刻。"原本和四庫文淵閣本全詩及注文如下："橋亭風景洞天如，中有儒仙舊隱廬。春漲挼藍涵螮蝀，（澧陂春漲，内有石梁長橋。）曉嵐滴翠濕芙蕖。（龍磜朝嵐，内有長山峻嶺。）受詩華巘浮丘館，（中華翠巘，峰頭有浮丘伯仙宇。）説劍香爐許令居。（香爐紫煙，峰頭有許旌陽仙居。）雲外懸崖飛屐上，（天寶懸崖。）雨中沃壤帶經鋤。（田東暮雨。）疏鐘鯨吼霜華重，（聖容僧鐘。）長笛龍吟月色虛。（雲源仙笛。）老我塵寰懷勝境，追遊早晚命巾車。"

五言絶句

題《赤壁圖》

横槊英聲遠，聞簫逸興長。至今風月夜，鶴夢繞黄岡。

題《謝安觀山圖》

欲爲蒼生起，神州未可還。籌思保江表，安若會稽山。

《長溪獨釣圖》爲舒庵賦[1]

溪上釣西風，心隨溪水東。後車今已載，何待兆非熊。

【校記】

〔1〕詩題，四庫文淵閣本、《湖北先正遺書》本均作“題長溪獨釣圖——爲舒庵作”。

題鄭高士畫竹

鄭君高節士，瀟灑絶人群。獨把青鸞尾，山窗掃白雲。

梅竹畫爲郭志善賦[1]

姑射下天壇，天空鬢影寒。雪深歸路迥，獨自跨青鸞。

【校記】

〔1〕詩題，四庫文淵閣本、《湖北先正遺書》本均作“題畫梅竹——爲郭志善作”。

題由翁先生《梅蘭》二首[1]

老向江南住，梅花共歲寒。故人清興在，踏雪幾回看。

湘皋風日美，芳草不勝春[2]。欲采紉爲佩[3]，慚非楚藎臣。

【校記】

〔1〕詩題，四庫文淵閣本分作二首，一題“畫梅——爲某翁作”，一題“畫蘭——同前”；《湖北先正遺書》本亦分作二首，一題“畫梅——爲吴翁作”，一題“畫蘭”。

〔2〕勝，各本同。胡珽校識：“勝字，元本作時。今從明刻。”

〔3〕采，胡珽校識：“采字，元本作彩。”四庫文淵閣本、《湖北先正遺書》本均作“採”。

畫菜爲馬上舍題[1]

蔬畦新雨過，小摘稱居貧[2]。若入君王夢，瓊林第一人。

【校記】

〔1〕詩題，四庫文淵閣本、《湖北先正遺書》本均作“畫菜——爲馬上舍作”。

〔2〕居，四庫文淵閣本、《湖北先正遺書》本均作“君”。

畫菘菜

老圃青青甲，平生味飽諳。本無食肉相，豈是厭肥甘。

畫蘿葍

高氏賢兄弟，常將備夕餐。如何清列士，今作畫圖看。

畫 竹

拂素寫晴窗[1]，亭亭玉一雙。蒼龍雷喚醒，風雨遍湘江。

【校記】

〔1〕晴，原本作“睛”，四庫文淵閣本、《湖北先正遺書》本均作“晴”，胡珽校識：“睛字，誤，元本作晴。”據改。

畫枯木竹石

青天騰一蛟，白日卧雙虎。何人歌《竹枝》，遥隔瀟湘浦。

題畫二首[1]

遠水吞天碧，危峰拔地青。何由雲樹底，揮麈坐茅亭[2]。

翠黛浮晴漢，虬枝立暝煙[3]。回舟不用楫，江上水吞天。

【校記】

〔1〕詩題，四庫文淵閣本、《湖北先正遺書》本均分作二首，一題“小畫”，一題“又”。

〔2〕麈，原本作“塵”，四庫文淵閣本、《湖北先正遺書》本均作“麈”。董金鑒續校：“塵，當作麈。”據改。

〔3〕暝，《湖北先正遺書》本作“螟”，誤。

静樂詩爲脩江向士誠賦[1]

清心如止水，一月印當中。誰道芭蕉雨，瀟瀟解惱公。

【校記】

〔1〕詩題，四庫文淵閣本作“静樂軒——爲修江向自誠作”，《湖北先正遺書》本作“静樂軒——爲脩江向自誠作”。

七言絶句[1]

【校記】

〔1〕原本胡珽按："元本空行，今補四字。"

題　　畫

九疊雲峰面面同[1]，縠紋波起鯉魚風。溪頭艇子林間屋[2]，來往能無避俗翁。

【校記】

〔1〕九疊雲峰，四庫文淵閣本、《湖北先正遺書》本均作"水榭山牕"。

〔2〕屋，四庫文淵閣本、《湖北先正遺書》本均作"泛"。

題會稽王冕翁畫梅

永和筆陣在山陰，家法惟君悟最深。寓得梅花兼二妙[1]，右軍風致廣平心。

【校記】

〔1〕寓，四庫文淵閣本、《湖北先正遺書》本均作"寫"。

紅　　梅

姑射仙人煉玉砂，丹光晴貫洞中霞。無端半夜東風起，吹作江南第一花。

紅梅翠竹

瓊仙服盡紫金丹，不識人間有歲寒。一笑荒村春似海，滿天風雪跨青鸞[1]。

【校記】

〔1〕“滿天”句，四庫文淵閣本、《湖北先正遺書》本均作“載歌淇澳報平安”。胡珽校識：“紅梅翠竹，元本在詩後鸞字下空四格。”

水仙二首[1]

湘雲冉冉月依依，翠袖霓裳作隊歸。怪底香風吹不斷，水晶宫裏宴江妃。

影娥池上晚凉多，羅襪生塵水不波。一夜碧雲凝作夢，醒來無奈月明何？

【校記】

〔1〕詩題，四庫文淵閣本、《湖北先正遺書》本均作“水仙花二首”。

竹枝詞二首

竹鷄啼處一聲聲，山雨來時郎欲行。蜀天恰似離人眼，十日都無一日晴。

水上摘蓮青的的，泥中采藕白纖纖。却笑同根不同味[1]，蓮心清苦藕芽甜。

【校記】

〔1〕笑，《湖北先正遺書》本作“是”。

題《定海樂節婦劉氏沿江泣尋夫屍卷》

怨入江雲結晝陰，潮痕清淺淚痕深。白頭重見黄泉水[1]，方盡寒燈一寸心。

【校記】

〔1〕水，四庫文淵閣本、《湖北先正遺書》本均作“下”。

題《淞江梧桐鄉鳴鳳里朱節婦卷》[1]

手植梧桐不憚勞，朝陽鳴鳳一來遨。花棲未穩翻然逝[2]，慰眼惟遺五色毛。

【校記】

〔1〕詩題“淞江”二字，四庫文淵閣本、《湖北先正遺書》本均作“松江”。

〔2〕花，四庫文淵閣本、《湖北先正遺書》本均作“托”。

重到戴玄學齋居[1]

憶坐詩壇棹酒船，花枝旖旎月嬋娟。一從舃朝天去，月夕花朝兩惘然。

【校記】

〔1〕玄，四庫文淵閣本、《湖北先正遺書》本作“元”，因避康熙諱改。

題竹間翁《白馬圖》

誰識驊騮汗血中，静團積雪動生風[1]。一從選入天閑内，不覺人間萬馬空。

【校記】

〔1〕積雪，四庫文淵閣本、《湖北先正遺書》本均作“晴雪”。

題唐申王《三駿圖》

三駿英英出渥洼，太平芻粟飽天家。誰知大將平河北[1]，百戰功歸獅子花[2]。

【校記】

〔1〕大將，四庫文淵閣本、《湖北先正遺書》本均作“百戰”。

〔2〕百戰，四庫文淵閣本、《湖北先正遺書》本均作“汗血”。

戲題《明皇照夜白圖》

天上麒麟天下稀，月中幾送八姨歸。君王寓目應追悔，誤看乘鸞度羽衣。

題劉伯昇所藏《蘭亭》

右軍高致極清真，盛集蘭亭詠暮春[1]。文彩風流那復見，摩挲遺墨想丰神。

【校記】

〔1〕集，原本作“築”，誤。四庫文淵閣本作“集”，據改。

題《水竹居卷》

夜夢青鸞浴鳳池，曉來水竹索題詩。浣花吏隱無人繼，老我風塵寫愧辭。

武昌南湖度夏

湖山新雨洗炎埃，萬朵清蓮鏡裏開。日暮菱歌動南浦，女郎雙槳蕩舟來。

紅蓮白藕詩二首[1]

紅蓮白藕兩相宜，欲採臨流意轉遲。蓮子總甜心獨苦[2]，藕芽雖美腹多絲。

採蓮採藕湖水潯，阿儂踏歌郎賞音。多虛少實如郎意，外甜內苦似儂心。

【校記】

〔1〕詩題，原本作“紅蓮白藕詞”，四庫文淵閣本、《湖北先正遺書》本均作“紅蓮白藕詩二首”，據改。

〔2〕總，四庫文淵閣本、《湖北先正遺書》本均作“縱”。

送蔡用嚴還四明二首

四明故舊苦無多，死別生離奈若何。老淚暗添江漢水，隨人去作海東波。

迢遥海國接江鄉，一度懷人一斷腸。正值西風摇落際，可堪重送蔡中郎。

寄四明諸友

海上歸期苦恨遲，歸心日與海争馳。故人有待吾衰矣，一寸寒灰萬縷絲。

寄武昌嚴静山〔1〕

出門便有好湖山，對酒當歌莫暫閑〔2〕。不請自來留却去，無情白髮與朱顔。

【校記】

〔1〕詩題，四庫文淵閣本、《湖北先正遺書》本均作“寄武昌嚴静山賢友”。

〔2〕酒，原本作“灑”，四庫文淵閣本、《湖北先正遺書》本均作“酒”，胡珽校識：“灑字誤，元本作酒。”據改。

次舒庵見訪韻

退食從容馬首東，夕陽斜映柳營紅。掃門將帥遥相待，却訝寒齋訪禿翁。

哭四明宋廷臣推官

甬東郭外爲鄰住，湖北城中値宦遊。直擬千回同一日，那知一别竟千秋[1]。

【校記】

〔1〕别，原本作“到”，四庫文淵閣本、《湖北先正遺書》本均作“别”。董金鑒續校：“到，疑作别。”據改。

此卷末，原本有胡珽按：“元本此處有《題〈水雲居卷〉》一首，與本卷廿三頁所載同，惟浣字作涴，因係重出，故删。”

卷　五

補　遺[1]

【校記】

〔1〕原本無，據四庫文淵閣本、《湖北先正遺書》本及別本補，編爲一卷。

五言古詩

贈秋月長老

秋月既虚明，禪心亦清净。心月兩無虧，炯然大圓鏡。流光燭萬物，萬物咸鮮瑩。倒影入千江，千江悉輝映。情塵茍不掃，倏忽迷真性。所以學道人，於此分凡聖。視身等虚空，無得亦無證。偉哉寒山翁，與汝安心竟。

七言古詩

雙溪草堂

爲叙南游克成先生作。堂之側有琴蓋山，雙溪出其下，繞堂而來。

曰琴曰蓋皆名山，雙溪衮衮來其間。玉龍齊驅繞地軸，青鸞並翥朝天闕。草堂先生足風致，擊空明兮攬空翠。英才樂育貢春官，始識先生仁且知。

竹林書屋爲修江王伯厚作

王郎高標絶塵俗，牽茅自結清風屋。屋中充棟積古書，屋外循簷種修竹。離離實垂珠，森森筍抽玉。鸞鳳食有餘，虎豹文亦足。時時把書卷，自向竹下讀。禮義深服膺，聖賢常在目。王郎學道今有年，半是臞儒半是仙。清修酷與此君似，中通外潤直且堅。平生不作桃李媚，歲寒風節恒凛然。不隨沉湎唐六逸，不效曠達晋七賢。净掃仙石壇[1]，焚香究玄玄[2]。客來不交語，共坐蔚藍天。蒲輪他日訪幽側，以道匡君流惠澤。功成太史不一書，却汗青青爲簡策。

【校記】

〔1〕净掃，《湖北先正遺書》本作“清净”。

〔2〕玄玄，《湖北先正遺書》本作“元元”，因避康熙諱改。

送武昌知縣潘公考滿

依依武昌柳，灼灼河陽花。看花思善政，折柳送仙槎。樊川令尹今潘岳，下車朝夕詢民瘼。三年德化藹如春，政成仍與民同樂。值今考績朝玉京，雲開天霽飛舄輕。褒德曾聞封卓茂，自古朝廷重老成[1]。河陽花，武昌柳，勿剪勿伐公知否。邑人愛護比甘棠，一歲春風一回首。

【校記】

〔1〕成,《湖北先正遺書》本作“臣”。

五言律詩

寄鄉親濟陽公武昌蔡啓住,浙江等處行中書省參知政事,誥贈三代公爵

身遠鄉情重,途窮客病深。參苓頻在眼,桑梓最關心。居簡便夷俗,含淒效越吟。自從遭喪亂,辛苦到如今。

登北固山多景樓

風月無邊地,乾坤有此樓。城隨山北固,潮蹴海西流。眼界寬三島,胸襟隘九州。階前遺恨石,誰復話安劉。

幽　期

何處赴幽期,青林白谷陲。谷虛秋氣早,林茂曙光遲。談罷風生麈,歌闌月在巵。謀身良自足,何補國安危。

次友人張孟善承贈以詩韻

去去成長往,悠悠事遠遊。躡雲雙短屐,載月一虛舟。江海魚龍夜,山林鸛鶴秋〔1〕。誦君佳麗句,慰我别離憂。

【校記】

〔1〕鸛,四庫文淵閣本作“鶴”。

春日海村三首

地僻囂塵遠，人稀習俗淳。花時恒獨往，隨氣踏晴春[1]。斑竹過頭杖[2]，烏紗折角巾。蕭然多古意，何愧葛天民。

門巷絶輪蹄，春深緑草齊。風光不相負，泉石且幽棲。卷幔通花氣，移床避燕泥。時時得佳句，自向竹間題。

每恨韶華晚，仍嗟老病催。閉門花落盡，隱几鳥飛回。引睡書千卷，消愁酒一杯。平生志士氣，此日孰相恢。

【校記】

〔1〕氣，四庫文淵閣本作“意”。

〔2〕斑竹，四庫文淵閣本作“班竹”。

贈濟古舟

久留勾踐國，同寓給孤園。聊發溪頭笑，何殊石上魂。卧雲秋對榻，敲月夜過門。願奉三乘法，常依兩足尊。

送二僧往浣花草堂度夏濟古舟、新古銘二公，皆浙東名僧也

吟遍赤城霞，行行入浣花[1]。爲人無芥蔕，留客有瓜茶。寂寂先賢宅，堂堂古佛家。老懷因二妙[2]，亦欲製袈裟。

【校記】

〔1〕浣花,《湖北先正遺書》本作“浣紗”,誤。

〔2〕二妙,《湖北先正遺書》本作“二士”。

寄定海縣丞張允達

幽興日相關,應知吏事閑。哦詩松竹裏,問俗水雲間。蜃氣煙中海,猿聲月下山。蓬萊常五色,有待簉仙班。

客　懷

蓬萍無定跡〔1〕,終歲客他鄉。病骨驚秋早,愁心入夜長〔2〕。文章非豹隱,韜略豈鷹揚。磨滅餘方寸,還同百鍊鋼〔3〕。

【校記】

〔1〕“蓬萍”句,四庫文淵閣本作“此生何坎壈”。

〔2〕入,四庫文淵閣本作“識”。

〔3〕鋼,四庫文淵閣本作“剛”。

七言律詩

春暉堂江夏雷道夫奉母呂夫人之所

群萝盡待青陽發,萱草先侵白雪還。蔚矣芳心承麗景,宛然愉色奉慈顔。陳王葵藿君臣際,謝傅芝蘭伯仲間。忠養無違家慶遠,韶光常映舞衣斑。

歲寒書屋四明俞用吉御史卑年藏脩之所

學究天人獨下帷，歲寒元自有深期。若非文史三冬足，安得功名百世垂。臺閣生風當此日，軒窗映雪已多時。由來不負澄清志，冰蘖聲名草木知。

謝劉伯昇愈疾

伯昇起予沉疴，合府諸彦爲詩稱謝。

故人素擅岐黄術，今我兼承管鮑知。高義百年存古道，沉疴一旦起神醫。杏林春早繁花合，橘井秋深美實垂。最愛相酬無長物，數篇清絶盛唐詩。

常秀軒爲姻侄唐仲節賦

脩竹疏松一徑存，故家德澤久培根。歲寒並勵冰霜節，春永均霑雨露恩。翠蓋垂珠知結子，錦棚抽玉見生孫。要知奕葉承家慶，多在詩書禮義門。

送詹光夫之雲南通海校官

儒冠跋涉敢辭勞，直以詩書化不毛。盛世用文興禮樂，黌宮接武貢英髦。密依壇杏登絃誦，獨對山茶設醴醪。會見毓才功第一，歸來宮錦賜新袍。

寄鉉宗鼎

時在定水蒲庵閑居。定水寺號雙峰，在海濵，地名鶴皋。

開士幽棲何處是，一庵瀟灑傍雙峰。彈琴夜和鳴皋鶴，呪鉢朝降渡海龍。萬里思鄉瞻北斗，十年學道事西宗。故人海内皆星散，憶爾山中冰雪容。

夜宿染上人溪舍

雲去禪關户牖空，清溪碧樹有無中。倒涵天影魚呑月，逆戰秋聲犬吠風[1]。見性本圖先作佛，勞形翻愧早成翁。杜陵老去歸無計，來往那辭惱贊公。

【校記】

〔1〕秋聲，《湖北先正遺書》本作“秋風”。

昏瞶一首

録呈靈淵老師求印方。

老來昏瞶底須嗟，聲色雙忘也自嘉。秋枕不驚風外葉，春杯長對霧中花。海師唱道禪多悟，張籍題詩字半斜。幸有靈台長不昧，目觀耳聽總無差。

獨松庵

獨撫長松晝掩扉，歲寒高節想無違。茯苓春暖供齋鉢，蘿薜秋凉上道衣[1]。夜静平川龍起蟄，月明滄海鶴來歸。净瓶滿貯菩提水，恐有人參第一機。

【校記】

〔1〕秋凉，四庫文淵閣本作“秋清”。

寄張左訔

張生脱略今有年，食無粱肉眠無氈。丈夫既與世不偶，貧賤肯爲人所憐。齊眉已喜孟光敬，剪髪况聞陶母賢。拂衣歸來好共隱，與爾並耕沮溺田。

别四明親友

烏季善、余伯雄諸公攜詩載酒，祖道鄞江之上[1]，賦此以謝之。

春雨晴時春水生，春風摇蕩别離情。柳條弄色已堪折[2]，鶯語怯寒猶未明。白雪翻聲歸錦軸，紫霞流影入瑶觥。當江打鼓放船去，長揖同袍好弟兄。

【校記】

〔1〕祖，《湖北先正遺書》本作“相”，誤。

〔2〕折，四庫文淵閣本作“把”。

遷葬後還四明途中寄武昌親友

浪遊吴越任荆湘，來往那辭道路長。篋内有書慚歷國，邸中無綬敢誇鄉。潮生别浦江雲白，塵起征途野日黄。若問離人行役苦，十宵九夢在瀧岡。

九日登定海虎蹲山

東海十年多契闊，西風九日獨登臨。天高雲静鴈初度，水碧沙明龍自吟。籬下菊花憐我瘦，杯中竹葉爲誰深。憑高眺遠無窮恨，志國懷鄉一寸心。

腐　儒

落魄乾坤一腐儒，生逢四海日艱虞。異邦作客歌黄鳥，空谷懷人詠白駒。豈有縱横干七國[1]，亦無詞賦擬三閭。時危那敢辭貧賤，第恨長年走畏途。

【校記】

〔1〕干，四庫文淵閣本、《湖北先正遺書》本作“千”，誤。

避　地

避地長年大海東，蕭條生事野人同。深春耒耜孤村雨，落日帆檣遠浦風。那得文章偕隱豹，聊將音問托歸鴻。平生自恨無仙骨，五色蓬萊咫尺中。

異鄉清明

十年澒洞家何在，萬里清明客未歸。雨僽風僝花亂落，泥融水暖燕交飛。煙生榆柳推遷速，雲鎖松楸拜掃違。旅雁盡回音問斷，側身長望淚頻揮。

卜居二首

木石爲交不背盟，卜居應得愜幽情。雨苔蘸水溪魚上，風葉墮階山犬鳴。習懶已成忘盥櫛，避喧漸遠絶逢迎。義肥百戰收全勝，特爲耽詩太瘦生。

小村雖僻俗敦尨[1]，背負崇山面俯江。月冷靈虬潛絶壑，雨晴仙犬吠流淙。緼緼禦臘辭紈袴，瓦甕浮春謝玉缸。偶爲清羸聊采藥[2]，亦非竊比鹿門龐。

【校記】

〔1〕尨，《湖北先正遺書》本作“龐”。

〔2〕清羸，《湖北先正遺書》本作“清嬴”，誤。

自詠十律

長淮横潰禍非輕，坐見中流砥柱傾。太守九江先效死，諸公四海尚偷生。風雲意氣慚豪傑，雨露恩榮負聖明。一望神州一搔首，天南天北若爲情。

腐儒避地海東邊，鳳曆頒春下九天。再拜帝堯新正朔，永懷神禹舊山川。廟堂久託君臣契，藩閫兼操將相權。只在忠良勤翊戴，萬方行覲至元年。

一夜西風到海濱，樓船東出海揚塵。坐慚黄歇三千客，死慕田横五百人。紀歲自應書甲子，朝元誰共守庚申。悲歌撫罷龍泉劍[1]，獨立蒼溟望北辰。

羲軒道德久荒唐，蕩蕩宏圖起世皇。天入清都逾廣大，日臨化國倍舒長。渥洼萬里來騏驥，阿閣千年下鳳凰。聖子神孫承寶祚，長令億兆樂時康。

堂堂至正最多材，萬國同文壽域開。漠北諸生登第去，越南計吏進賢來。鳳詔九奏黄金殿，鶴駕三朝白玉臺。回首黄塵揚碧海，五雲無處覓蓬萊。

金銀宫闕五雲鄉，曾見群仙奉玉皇。濟濟夔龍興禮樂，桓桓方虎靖封疆。自淪碣石滄溟底，誰索玄珠赤水傍[2]。獨有遺民負悲憤，草間忍死待宣光。

千官何處扈宸遊，回首風塵遍九州。黄竹雪深迷玉輦，蒼梧雲斷見珠丘。令威不盡去家怨，精衛豈勝填海愁。大禹胼胝天所眷，肯教綸邑久淹留。

六軍遥駐墨河濆，故國丘墟詎忍聞。露冷金銅應獨泣，火炎玉石竟俱焚。虞淵日暮無還景，禹穴秋深有斷雲。草澤遺民今白髮，憑高無奈思紛紛。

皇天輔德本無親，興復寧論地與民。綸有一成終祀夏，楚雖三户竟亡秦。昆蟲咸被生成德，草木猶懷化育仁。洪運未移神器在，周宣漢武果何人？

九鼎神州竟陸沈，偷生江海復山林。頻繁誰在隆中顧，憔悴唯餘澤畔吟。嚙雪心危天日遠，看雲淚盡歲時深。百年家國無窮事，可得忘機老漢陰。

【校記】

〔1〕撫，《湖北先正遺書》本作“舞”。

〔2〕玄珠，《湖北先正遺書》本作“元珠”，因避康熙諱改。

七言排律

詠雪三十韻

露闕雙開太素天，通明殿裏宴群仙。娉婷後隊瓊花簇，瀟灑前班玉笋聯。步月霓裳輕冉冉，御風鶴氅捷翩翩。明珠玓瓅遺懸佩〔1〕，碎璧玲瓏委墮鈿。掩日韜霞呈絶巧，鏤冰剪水鬥清妍。瑶池桃熟迎王滿，銀漢槎回送使騫。上界乘時誇富貴，下方何路告顛連。自從宇宙縱横亂，頓使閭閻苦樂偏。出塞共愁貂帽重，趨朝争美鵠袍鮮〔2〕。未春上苑先飛絮，不夜邊城正折綿。陰窖孤忠蘇武節，空齋獨冷廣文氈。羊羔已屬將軍飲，鳳髓還歸學士煎。僵卧洛陽晨閉户，清狂剡曲夜回船。軟裘快馬增朝爽，破屋孤鐺壓暝煙。狂走平原丞相犬，飢鳴廢壘伏波鳶。梁園作賦頻呵筆，灞岸尋詩懶著鞭。入地豈應蝗滅跡，聚沙那辨鷺聯拳。謫潮未免銜冤去，破蔡終期奏凱還。糞壤眼前蒙暫庇，穽坑脚底已虚填。盡驅瘴癘南侵越，直逞陰威北犯燕。就暖羽毛違絶漠，避寒鱗甲蟄深淵。樓臺遠近皆妝飾，陵谷高低悉變遷。已詐清宵爲白晝，還誣歉歲作豐年。艤灘漁艇愁膠梔，失道征鞍畏没韉。隱匿瑕疵稱净域〔3〕，朦朧磽确號平田。聲隨折竹驚欹枕，影逐殘梅亂舞筵。助雪驟添風凛烈，惡明深妬月嬋娟。蟹行莎盡寧知止，蠶食桑空未肯眠。欺老虐貧俱食效，呈祥表瑞總訛傳。何當紅日升暘谷，盡化流澌赴百川。

【校記】

〔1〕明珠，四庫文淵閣本作“大珠”。

〔2〕美，《湖北先正遺書》本作“羑”。

〔3〕瑕疵，《湖北先正遺書》本作“瑕玼”。

五言絶句

臨水梅爲昌長老作

疏花清有影，止水浄無埃。好似菩提樹，明明照鏡臺。

横窗梅同前

禪窗夜虚明，照見臞仙影。上人對空花，悠然發深省。

畫竹爲天師題

夜誦蘂珠經，群真悉下聽。仙壇晨自掃，拾得鳳凰翎。

詠　蟬

蟬性極清高[1]，愁吟類楚騷。炎天風露薄，度日亦嗷嗷。

【校記】

〔1〕蟬性，《湖北先正遺書》本作“蟬惟”，疑誤。

題《落花芳草白頭翁》

草長連朝雨，花殘一夜風。青春留不住，啼殺白頭翁。

七言絶句

牡　丹

名花傾國不凡材，池館春深尚未開。風雨一宵桃李盡，異香清曉九天來。

梧　桐

井梧徹夜下霜風，錦繡園林瞬息空。老盡秋容何足惜，鳳巢吹墮月明中。

聞　簫

給喪未必無周勃，乞食誰能辨伍員。昨日英雄今日恨，洞簫忍向亂中聞。

聞　雁

月落江城轉四更，旅魂和夢到灤京。醒來獨背寒燈坐，風送長空雁幾聲。

題《貓》

食有溪魚卧有裀，受恩深重更無倫[1]。若將乳鼠誇爲瑞，恐負隆冬蠟祭人。

【校記】

〔1〕受恩，《湖北先正遺書》本作“有恩”。

題《鷹》

修翎快劍爪剛鉤，自獵平生恥下韝。擊盡秋原鴞與獍，却從靈囿鳳麟遊。

題《雁》

兵戈故國日凋殘，野蔓荒煙白骨寒。目送飛鴻度關塞，有書無處報平安。

題《鶯》

當年百囀上林苑，身愈高時韻愈奇。兵火十年喬木盡，托棲那敢怨枝卑。

蘭蕙軒爲滁陽張景暘、景昭兄弟所作

八龍天矯同瑶席[1]，三鳳聯翩上玉堂。争似高軒蘭與蕙，光風遠近遞清香。

【校記】

〔1〕天，四庫文淵閣本作“夭”，疑誤。

寄武昌張尚本

緑鬢朱顔素節新，歲寒風雪苦相侵。明堂清廟登庸日，佇聽簫韶奏治音。

四言銘

行素軒

三衢張君師震，以清才懿行，有守有爲，而久滯下僚，不以崇卑爲欣戚，名其軒曰“行素”。西域鶴年喜其名之稱也，迺爲之銘[1]。銘曰：

素履所踐，王道平平。流行坎止，一聽於天。夏禹之憂，顔淵之樂。易地皆然，道同天爵。忠信篤敬，蠻貊行焉。戒心微服，孔孟猶然。彼美吉士，力行其素。屈伸利鈍，隨其所遇。廊廟匪崇[2]，關鐸匪卑。居易君子，視此銘詩。

【校記】

〔1〕迺爲之銘，《湖北先正遺書》本無“迺”字。

〔2〕崇，四庫文淵閣本作“榮”。

復　淵

武當高士郭復淵氏，讀書學道，研覃性命之懿。西域鶴年爲作《復淵銘》以勉之。銘曰：

沈沈止水，如大圓鏡。一波不生，萬象交映。彼美外史，知止有定。觀水之淵，復我之性。湛然虚明，猶水之瑩。寂然不動，猶水之静。衆理具存，四端隨應。操之者仙，念之者聖。至道不煩，主一持敬。

竹隱圖

江夏奚翁，隱居種竹。其卒也，二子伯瑄、仲瑛俱以學行顯于時，作《竹隱圖》，寓其孝思。以予與翁有素交之好，請題其上。敬製四十八字，以識久要之誼云：

昔有君子，隱居種竹。截簡著書，垂竿釣玉。委順暮年，孰繼芳躅。二子秀發，鬱若篬筤。文章雲錦，節操冰霜。圖諸座右，庶幾羹牆。

菊泉軒

鄂渚甘翁引泉種菊，以存晚節。匡山吴先生題其軒，曰“菊泉”。

西域鶴年乃爲之銘，銘曰：

英英徑菊，混混原泉。凌霜悦茂，挾雨潺湲。以香以潔，並作清妍。中有静者，於焉周旋。采之服之，愈疾引年。濯之嗽之，内澄外鮮。德日以新，壽日以延。深存晚節，慨慕先賢。和《歸來辭》，談《秋水篇》。

養素齋

廣西參議董元芳之謫戍辰陽也，扁其所寓曰“養素”，日以詩書自娱，請銘於予。視其所存有，非世俗所能者，是可無愧於銘齋矣。

養浩配義，行素順天。夙夜孜孜，以師聖賢。不餒於内，不願乎外。無入不得，以直無害。勖哉董子，不舍三餘。仕學兩優，得失一如。達不離道，窮當益堅。終始勿渝，子其勉旃。

題　　詞

題《丁鶴年集》呈蕘圃政得年字、禁押本事，時嘉慶乙未四月

顧廣圻

西域詩人集，傳於至正年。諸兄咸附録，高弟各分編。時下哀思淚，亦隨方外緣。須知海巢序，只説武昌前。

次澗蘋韻題元本《丁鶴年集》

蕘圃黄丕烈

元代詩名盛，涵濡近百年。用戴序語。流風傳絶域，吟稿見遺編。《鶴年集》以此爲最善。廬墓全親孝，居山謝世緣。石田雁門集，美不擅於前。叔能以伯庸天錫輩爲比，今余藏元人諸集，如元刻之《馬石田》、舊鈔之《薩雁門》，皆稱善本，得此可云濟美，故以爲擬。

次澗蘋韻題蕘圃新得元刻《丁鶴年集》

夏文燾

明代重刻本，云題正統年。名因文苑重，傳入史臣編。一過真空選，用蕘圃跋語。三長合有緣。三長謂《石田》《雁門集》及此書也。蕘圃有結翰墨緣圖章，緣字本此。後來定居上，秘笈勝從前。蕘圃云：舊有明本，藏諸笈久矣，曾取此手校，知不如遠甚。

右三益聯吟册中，題元本《丁鶴年詩》也。此集爲澗蘋歲試玉峰時

收，而後以歸余者。故仿校宋本《建康實録》例，澗蕢爲首唱，而余次之。方米最後者，因余兩人唱和時，方米挈徒小試玉峰，歸後繼和故也。限年字而禁用本事者，亦册中例也。此書破損，不堪觸手，重付裝池，並録三詩於卷首，以見題書紀事，一時賓主之歡，有如是也。蕘圃跋。

再賦《丁鶴年集》一首得丁字、仍禁本事

廣圻稿

搜來從架下，首葉已殘零。我自一知己，人殊不識丁。收藏誠有數，呵護豈無靈。別具區區意，玆爲隗始寧。時蕘圃命某賈爲玉峰續訪之役。

次澗蕢韻

蕘圃黄丕烈

重覩裝潢舊，旋風葉未零。圖章宜置甲，部次恰居丁。我願希千頃，君交托九靈。訪書情正切，寤寐想難寧。時玉峰書擁傳聞有舊刻《大戴禮》[1]，澗蕢欲與余買舟往訪也。

【校記】

〔1〕董金鑒續校附補校："擁字有誤，疑當作肆。"

同蕘圃次韻

方米夏文燾

莫嗟相見晚，全帙未奇零。他日誇黄甲，二字借用蕘圃將輯書目，此元刻元人集，例入甲等。今朝笑白丁。用澗蕢詩，押丁字句意。受嗤遭目拙，特賞愜心靈。得隴休重望，教君五藏寧。蕘圃所續訪《大戴禮》，已採得，是明板矣。

中春月，余得宋刻《千金方》，同人相約題詩紀事，限孫字，而禁用真人本姓。自後因書而賦者，悉用是例矣。初澗蕢得此書，重爲元刻，詩以紀事，擬用丁字，畏其難而改用年字，卷端三首是也。昨澗蕢自家至書塾，袖出一詩，謂向所爲難者，今反見巧矣。所押丁字，果稱巧絶。遂偕方米次和時，命工用也。是翁所用旋風葉裝潢法裝之，事既竣，即就副葉界烏絲闌書其上。披覽之餘，亦頗快目。書中《哀思集》重第六葉；《續集》闕第八葉，重第十二葉。總計七十七葉，每葉邊楷書細字，筆墨亦古雅。澗蕢謂是明人書，余亦絶愛之，故並及云。《哀思》當作方外。蕘圃。[1]

【校記】

〔1〕原本"蕘圃"跋語接排夏文燾詩，混淆不清，今改正單列。

附　　録

吉雅謨丁詩[1]

吉雅謨丁，字元德，至正間進士，浙東元帥。鶴年兄也。

【校記】

〔1〕原本無“吉雅謨丁詩”標目，衹有下文介紹。此段文字四庫文淵閣本作“鶴年兄名吉雅斯摩廸音，字元德，至正間進士，任浙東僉都元帥”。

題《浙東廉訪知事楊仲儒先生死節卷》

危城經百戰，幕下得真儒。冰蘗存孤操，風雲入壯圖。奇功方破敵，大節竟捐軀。凜凜餘生氣，千秋激懦夫。

題天童寺朝元閣

海内兵塵已十年[1]，上方鐘鼓獨依然[2]。史臣錫號承天寵[3]，中使函香出御筵。山列九龍蟠紫翠，樓開五鳳出雲煙。籃輿亦有登山約，擬聽松風借榻眠。

【校記】

〔1〕十年，原本作“千年”，四庫文淵閣本、《湖北先正遺書》本均作“十年”。董金鑒續校附補校：“千年，誤，原作十年。”據改。

〔2〕獨，《湖北先正遺書》本作“故”。
〔3〕史，《湖北先正遺書》本作“使”。

贈陳章甫

三十年前鬢未蒼，曾陪宰相入鵷行。解衣换酒尋常醉，躍馬看花取次忙。亂後已非前日夢，老來那復少年狂。黄冠野服新妝束，穩把長竿釣海鄉。

省秋過弟鶴年書館夜話[1]

弟兄惟我老，宗族有君知。萬里常爲客[2]，百年能幾時。秋清妨熟寐，夜静話貞期。明日匆匆别，還生兩地思。

【校記】

〔1〕詩題，四庫文淵閣本、《湖北先正遺書》本均無“省”字。
〔2〕常，四庫文淵閣本、《湖北先正遺書》本均作“尚”。

鶴年弟盡棄紈綺故習，清心學道，特遺楮帳資其澹泊之好，仍侑以詩[1]

誰搗霜藤萬杵匀，製成鶴帳隔塵氛。香生盧絮秋將老，夢熟梅花夜未分。枕上不迷巫峽雨，床頭常對剡溪雲。竹爐松火茶煙暖，一段清貞盡屬君。

【校記】

〔1〕此詩在原本卷一《太守兄見遺紙帳仍贈以詩次韻奉答》之次，爲吉雅謨丁詩，四庫文淵閣本、《湖北先正遺書》本均作爲卷三附録，今依四庫文淵

閣本和《湖北先正遺書》本列原作者名下。紈綺，原本作“純綺”，四庫文淵閣本、《湖北先正遺書》本均作“紈綺”。胡珽校識：“元本純綺當從明刻，作紈綺。”據改。

題畫竹爲董文中賦〔1〕

雨過蛟龍起，風生翡翠寒。無人知苦節，落日下長安。

【校記】

〔1〕原本無此詩，據四庫文淵閣本、《湖北先正遺書》本補。

假日燕集呈席間諸老

半生辛苦獨天知，十載鄉關入夢思。作郡正逢多事日，揮毫不及少年時。青衫有淚多如雨，白髮無情亂若絲。今日一樽諸老共，臨風不醉復何辭。

寄邁里古斯院判〔1〕

將軍辛苦事戎行，麾下論兵總俊良。沙漠蘇卿多感慨，鑑湖賀老自清狂。風塵滿眼青山舊，天地無私白髮長。萬里君親俱在念，扁舟何日賦滄浪。

【校記】

〔1〕原本無此詩，據《湖北先正遺書》本補。四庫文淵閣本題“寄穆爾古蘇院判”。

游定水寺寄杜堯臣[1]

水紋藤簟竹方床，山閣重陰雨後凉。新月梧桐秋已老，孤燈機杼夜初長。白魚入饌松醪熟，紅稻供炊筍脯香。雲樹芝泉隨處好，一時清賞肯相忘！

【校記】

〔1〕原本無此詩，據四庫文淵閣本、《湖北先正遺書》本補。

愛理沙詩[1]

愛理沙，字允中，至正間進士，翰林應奉。鶴年次兄也。

【校記】

〔1〕原本無“愛理沙詩”標目，衹有下文介紹。此段文字四庫文淵閣本、《湖北先正遺書》本作“鶴年次兄阿里沙，字允中，至正間進士，仕翰林應奉”。

題《戴叔能先生九靈山房圖》[1]

夢裏家山十載違，丹青咫尺是耶非？墨池新水春還滿，書閣浮雲晚更飛。張翰見機先引去，管寧避亂久忘歸。人生若解幽棲意，處處林丘有蕨薇。

【校記】

〔1〕詩題，四庫文淵閣本、《湖北先正遺書》本作“題九靈山房圖——戴叔能讀書處”。

題《餘姚州判官葉敬常海堤遺卷》

潮汐東來勢蹴天，一堤横捍萬家全。陵遷谷變人誰在，海晏河清事獨賢。曉日山川神禹跡，秋風禾黍有虞田。河渠他日書成績，應並宣房與代傳。

題東湖古鼎銘長老鍾秀閣[1]

檻外澄湖平不流，窗間疊嶂屹將浮。煙霞五色錦屏曉，風月雙清瑶鏡秋。檐蔔濃香吹法席，芙蓉凉影蕩仙舟。結巢擬傍雲松住，迴首朝簪愧未收[2]。

【校記】

〔1〕詩題，四庫文淵閣本、《湖北先正遺書》本均作“題鍾秀閣——爲東湖古鼎銘長老作”。

〔2〕收，四庫文淵閣本、《湖北先正遺書》本均作“投”。

吴惟善詩[1]

樊川吴惟善，鶴年表兄也。

【校記】

〔1〕原本無“吴惟善詩”標目，衹有下文介紹。此段文字四庫文淵閣本、《湖北先正遺書》本均作“鶴年表兄吴惟善，樊川人”。

寄武昌諸友

黄鵠山前漢水濆，一時英俊總能文。金釵佐酒年俱少，銀燭抄書夜每分。雁杳魚沉勞遠思，狼貪羊狠絶前聞。兵戈故國知誰在，目斷西南日暮雲。

寄東海鶴年賢弟

鶴皋東望接三山，海上群仙日扣關。虎守月爐丹煉就，龍吟霜匣劍飛還。故園松菊餘三徑，老屋煙霞恰半間。爲問林泉逃世者，如公今有幾人閑？

題扇寄友

拾得瀛洲月一輪，冰紈初剪瑩無塵。提攜不用深相憶，滿握清風即故人。

小遊仙二首〔1〕

桂殿瓊宫露氣清〔2〕，吹簫者是董雙成。無端又作人間夢，風雨蕭蕭鷄亂鳴。

河漢無聲海月寒〔3〕，長鯨吸浪洞庭乾。一聲鐵笛風雲動，人在危樓第幾欄？

【校記】

〔1〕詩題，原本作“小遊仙”。四庫文淵閣本、《湖北先正遺書》本均分作二篇，一題“小遊仙”，一題“又”。按全書體例，詩題加“二首”二字。

〔2〕瓊宫，四庫文淵閣本、《湖北先正遺書》本均作“瓊樓”。
〔3〕河漢，四庫文淵閣本、《湖北先正遺書》本均作“河海”。

跋

釋至仁

太學生戴習，録其師鶴年先生詩，曰《海巢集》者，請題其後。鶴年，予友也，其詩忠義慷慨，有《騷》《雅》之遺意焉。昔唐之僧有讀其友盧仝之詩者，曰：“鯨吞海水盡，露出珊瑚枝。海神知貴不知價，留與人間光照夜。”吾讀《海巢集》亦云。生其寳之！生其寳之！

虎丘澹居老人至仁書[1]。

【校記】

〔1〕董金鑒續校：“僧至仁在元明間嘗住吴越，宋景濂稱其文有西漢風，見《西齋净土詩》。附録此跋云澹居老人，當即其人也。”

後　跋

黄丕烈

此元刻元人丁鶴年詩，余友顧澗蘋歲試玉峰時所收，而以之歸余者也。余向藏正統重刊本止三卷。今元本分爲四集，一曰《海巢集》，二曰《哀思集》，三曰《方外集》，四曰《續集》，以附録終焉。嘗取與明刻校勘，分卷分體，俱非其舊。即如《海巢》一詩，元刻在卷一，或以是名集，職是之故，明刻列諸卷二中，失其旨矣。他如《哀思》已下三卷，皆有取意，而後之稱者，僅據至仁一序，悉以海巢名之，有是理乎？得此可證廬山面目，益歎元本之不致淪没者幾希。爰付裝池，俾得附麗不壞，與元刻諸名公集同十襲藏之，較嚮之塵埋故紙堆中，其顯晦何如耶？伯樂一過冀北之野，而馬群遂空，此書之於澗蕢，吾亦云然。嘉慶己未孟夏五日，書於士禮居。棘人黄丕烈。

卷端五言古詩《採蓮曲》第三首已下闕文，久無從補。迄今辛巳，時越二十三年矣，始見沈寶硯徵君手録殘本，依樣補之。昔義門何學士補宋刻後印本《許丁卯集》，得毛豹孫影寫本足之，謂非不知妄作。兹余之補今集，而得沈寫本，不猶守此義邪？喜而書此。道光紀元秋九月望日，復見心翁坐雨縣橋之學耕堂燒燭識。

《丁鶴年集》校譌識語[1]

胡　珽

余幼學作試帖詩，賦“北窗梅月最知心”題，得二句云：無言宵弄笛，有約石眠琴。高丈鐵珊見而賞之，惜題句無出處。檢查《佩文韻府》，乃在摘句中。繼閲《元詩選》，知係鶴年句。余隨欲覓其專集，考《四庫全書》止有一卷[2]，《藝海珠塵》收有三卷，浙江采遺書目亦然。惟愛日精廬有元刻四卷之本，訪諸虞山書友鮑芳谷，知售去久矣。閲六年，金順甫自山塘汪氏攜三卷之本歸余，爲明正統刊本。黄蕘圃先生以元本校於上下方，余循次鈔之，無如次叙淆亂，批校模糊。正欲再覓善本，芳谷適得張氏影元鈔本贈余，與元刻惟妙惟肖。每半頁十行，行廿一字。因歎前則數年不獲，今且兩本並儲，文字因緣，若由前定也。急公之於世，其有明刻優於元刻者，不敢毅然更改，但於本詩下注云“按某字明刻作某”，庶不失元刻真本云。咸豐三年五月，仁和胡珽識。

【校記】

〔1〕原本題“《丁鶴年集》校之爲”，有識語和校記兩部分。其校記部分已

分録於本集各一處，這裏衹録識語，故題中加“識語”二字，以與序録内容相符。

〔2〕“考《四庫全書》止有一卷”，此説不確。《四庫全書總目》著録《丁鶴年集》一卷，而《四庫全書》集部所收《丁鶴年集》實有三卷。

丁孝子傳

四明烏斯道

丁孝子名鶴年，字鶴年，西域人。性狷介，窮經博史，尤工於詩。自其祖阿老丁公入中夏，世爲顯官。父職馬禄丁，官武昌縣最長，有善政，歿而就葬武昌。後兵亂，鶴年倉卒奉母夫人走南徐世父家。生母馮先避匿邑之東村，東村首難，竟阻絶，莫知之也。餘十載，母夫人歿，鶴年又避地明之定海，聞父墓嘗爲盗發掘，生母亦病死，葬洪道鄉，俱不得往省視，日夕憂悸，且却絶酒肉鹽酪，示自貶。又二十載，道既通，即告牒還武昌，至則别竁地樊山，窆父棺，卜日襄事。日已迫，而淋雨十日不止。鶴年先一夕仰天悲泣拜雨中，願翌日雨止，半日許終事。竢至質明，密雲雖四塞，雨則强不澍也。及發引，視窆而返，雨傾瀉如故。已而訪生母葬地村聚間，村聚自兵，不省何所，自秋徂冬遍訊之，終莫有知者。鶴年無以措意，惟作母主，蚤莫拜前，祈五旬浹有報。拜至七日，夜夢母氏出高堂中，鶴年遽牽衣慟哭，以慟而即寤。晨起，鄰老有楊重者至云：“吾昨夢子之母氏，堂宇間自内出，以酒肉見賜三人，内一人勿御也。”鶴年以夢母氏與鄰老同，夢之夕又同，所夢母氏堂宇在舊所，居廢宅之西，又同，斯見母氏葬地眹兆也。試即其地與萊荒土物色之，因具畚鍤偕往，徘徊顧視，見平陸土有陷下者，鶴年意謂吾聞母葬時，無棺槨，下轃土磚，上覆舟板，人與板朽腐盡乃爾，兹殆可啓而觀歟？遂陳酒肉以祭，祭畢，斫其土骨，果見板尚有松節，土磚亦具在，良是矣。然恐他墓偶有同者，復嚙血骨上以試，良久拭去，血骨通變茜色，可驗。母一齒當正中如漆，視之益驗。時四人享祭餘，鶴年不入口，又與鄰老無少爽，乃收骨棺斂葬是鄉。慈母王墓在寒溪塘，並加封樹。鶴年就廬於父墓，將終其身。

論曰：子盡禮於父母，固人所當爾。至感夫高遠幽冥而驗焉者，非精誠之心涉至難而罔渝者，弗能也。予考史冊，方多古少今，孰意鶴年傑然處頑薄之中，爲人之所獨也。彼高遠幽冥且足以感之，又豈不能感諸人乎？嗚呼，何其偉哉！

詩曰：丁鶴年精誠之心，上達九天；丁鶴年精誠之心，下達九泉。先翁曾長武昌縣，死葬山中厄兵變。山中父老懷甘棠，修築堂封自相勸。鶴年避亂東海頭，年深道阻生煩憂。亂靖還尋武昌路，淚痕滴滿先翁丘。彷徨改葬樊山側，不惜黃金換沙石。此身尚在天地間，何事能令慰朝夕。卜日已定雨漫漫，十日不止難下棺。仰首呼天雨中拜，雨爲閣住陰雲端。葬後倉皇下山去，大雨依然大如注。是時送葬紛如雲，祭奠爭趨墓邊路。母困干戈生別離，兒大母死才得歸。但聞母死葬村落，問人葬地俱不知。村落蓬蒿暗荒土，數月走尋心獨苦。焚香祝母如有靈，爲報沉淪在何許。夢中忽見別時容，步上高堂言未終。牽衣慟哭自驚覺，清晨起接鄰家翁。翁言昨夜夢而母，親出房櫳贈尊酒。夢間此夕精靈通，蚤晚應當見枯朽。共披荆棘凌風霜，平地有坎疑有藏。酒飯陳辭屬深土，遺骸果見生輝光。恐認他人心鶬鶃，嚙血淋漓試枯骨。枯骨通紅知可徵，一齒當門正如漆。重製衣冠新作墳，遷葬母骨安母魂。積恨誰知滿胸臆，烈風頓掃空中雲。丁鶴年，病且癯，何異常人七尺軀。丁鶴年，能讀書，何人不解探玄珠。一片精誠獨如此，回首世人空有子。

《鶴年詩集》後跋[1]

楊士奇

鶴年，其先西域人，西域人多名丁，既入中國，因以爲姓，故鶴年亦丁姓。其祖、父皆仕元，二兄皆舉進士爲顯官。鶴年獨泊然布素寒士。

元亡，歸四明，與戴叔能相善。尚節操，有孝行，叔能嘗爲作傳。後隱武昌山中。余在武昌遇之，甚相得，時已老矣。别後數歲卒。此集蓋其卒後得之武昌鄧存誠。廬陵楊士奇跋。

【校記】

〔1〕原本無此跋，據别本補。以下均爲增補，不再記。

四庫文淵閣本《鶴年詩集》卷首按語

臣等謹案：《丁鶴年集》一卷，元丁鶴年撰。鶴年字亦曰鶴年，蓋用孟浩然字浩然例也。色目人。本世家子。遭亂不求仕宦，篤尚志操，兼以孝聞。烏斯道、戴良爲作撰，皆以申屠蟠擬之。元亡，避地四明，後歸老武昌山中。《明史·文苑傳》附見《戴良傳》末。其詩本名《海巢集》，此本題《丁鶴年先生集》，不知何人所編。末附有鶴年長兄浙東僉事都元帥吉雅摩迪音原作吉雅謨丁，今改正。詩九首，次兄翰林應奉阿里沙詩三首，又鶴年表兄樊川吴維善詩五首，亦不知何人所續入也。鶴年既絶意於功名，惟覃思吟咏，故所得頗深。尤長於五七言近體，往往沉鬱頓挫，逼近古人，無元季纖靡之習。至順帝北狩以後，興亡之感一托於詩，悱惻纏綿，眷眷然不忘故國。瞿宗吉《歸田詩話》所稱“行踪不異梟東徙，心事惟隨雁北飛”句，及《逃禪室與蘇生話舊》一篇，可以知其素志。宗吉又稱其《梧竹軒》詩，謂“其時作者已滿卷，此詩一出，皆爲斂衽”。今考其詩中二聯，堆砌無味，徒以起二句用鳳凰事，以栖梧桐、食竹實關合；末二句用蔡邕事，以焦尾桐、柯亭竹關合，頗爲工巧耳。以是求鶴年之詩，失之遠矣。乾隆四十三年二月恭校上。

總纂官臣紀昀　臣陸錫熊　臣孫士毅

總校官臣陸費墀

《湖北先正遺書》本《鶴年詩集》卷首按語

臣等謹案：《鶴年詩集》三卷，元丁鶴年撰。鶴年本回回人，祖、父世爲顯宦。鶴年獨不仕，尚節操，有孝行。烏斯道、戴良爲作傳，以申屠蟠擬之。元亡，避地四明，後歸老武昌山中。所爲詩本名《海巢集》，此本但題《丁鶴年先生集》，不知何人所編。以各體分載，合爲一卷。後有鶴年長兄浙東僉都元帥吉雅摩迪音詩九首，次兄翰林應奉阿里沙詩三首，又鶴年表兄樊川吴惟善詩五首，蓋皆後人所附入也。鶴年於詩用工極深，尤長於五七言近體，沈鬱頓挫，無元季纖靡之習。集中順帝北奔以後諸作，纏綿悱惻，不忘故君，其志尤有足悲者云。乾隆四十九年閏三月恭校上。

總纂官臣紀昀　臣陸錫熊　臣孫士毅

總校官臣陸費墀

《四庫全書總目》集部别集類《丁鶴年集》提要

《丁鶴年集》一卷（直隸總督採進本），元丁鶴年撰。鶴年字亦曰鶴年，蓋用孟浩然字浩然例也。色目人。本世家子，遭亂不求仕宦，篤尚志操，兼以孝聞。烏斯道、戴良爲作傳，皆以申屠蟠擬之。元亡，避地四明，後歸老武昌山中。《明史・文苑傳》附見《戴良傳》末。其詩本名《海巢集》，此本題《丁鶴年先生集》，不知何人所編。末附有鶴年長兄浙東僉事都元帥吉雅摩迪音原作吉雅謨丁，今改正。詩九首，次兄翰林應奉阿里沙詩三首，又鶴年表兄樊川吴惟善詩五首，亦不知何人所續入也。鶴年既絶意於功名，惟覃思吟詠，故所得頗深。尤長於五七言近體，往往沉鬱頓挫，逼近古人，無元季纖靡之習。至順帝北狩以後，興亡之感一托於詩，悱惻纏綿，眷眷然不忘故國。瞿宗吉《歸田詩話》所稱“行踪不異梟東徙，心事惟隨雁北飛”句，及《逃禪室與蘇生話舊》一篇，可以知其素志。宗吉又稱其《梧竹軒》詩，謂“其時作者已滿卷，此詩一出，皆爲斂衽”。今考其詩中二聯，堆砌無味，徒以起二句用鳳凰事，以栖梧桐、食竹實關合；末二句用蔡邕事，以焦尾桐、柯亭竹關合，頗爲工巧耳。以是求鶴年之詩，失之遠矣。

《四庫全書簡明目録》集部五别集类四金元

《丁鶴年集》一卷，元丁鶴年撰。鶴年謝絶世緣，覃思吟詠，故所得頗深，近體尤沉鬱頓挫。至順帝北徙以後，其詩纏綿往復，往往酸惻動人。

高士傳

戴 良

嗚呼，甚矣哉！高節之士爲難遇也。《易》稱“君子之道，或出或處，或語或默”。夫捐身以行化者，知進而不能退；嫉世以矯情者，知往而不能返。二者各得其道之一偏，惡覩所謂中哉？孔子曰：“不得中行而與之，必也狂狷乎？”狂者又不可得，欲得不屑不潔之士而與之，是狷也，是又其次也。孔子居周之世，而其言如此，况世變多故，君子道消之時乎？於斯之時，責士以必中而不過，則天下爲無士矣。君子之於人也，樂成其美而不求其備，况蹈義乘方，蟬蜕塵埃之表，時固難遇其人乎！吾之有取於鶴年，有以也哉，有以也哉！作《高士傳》。

鶴年，西域人也。曾祖阿老丁與弟烏馬兒皆元初巨賈[1]，當世祖皇帝徇地西土，軍餉不繼，遂杖策軍門，盡以其資歸焉。仍數從征討，下西北諸國如拉朽。廷論以功授官，阿老丁年老不願仕，特賜田宅留京奉朝請[2]；烏馬兒擢某道宣慰使，其後招降吐蕃有大功，遂自宣慰拜甘肅行中書左丞。祖苫思丁由北晋王從官起家[3]，累官至臨江路達魯花赤[4]，政尚寬仁，民懷其德。父職馬禄丁[5]，輕財重義，盡取祖父遺資，賑諸親故之不足，及他士之貧者。然性尚豪邁，雅不喜榮名，年四十始應野憐真丞相辟主臨州縣簿[6]，以治行高等，升武昌縣達魯花赤，有惠政。解官之日，父老爲築種德之堂，請曰："吾縣蓋公之桐鄉，願留居毋去。"武昌公亦愛其土俗異他處，遂家焉。生子五人，而鶴年最幼。武昌公死時，鶴年年甫十二，已屹然如成人。其俗素短喪，所禁止者獨酒。鶴年以爲非古制，乃服斬衰三年，仍八年不飲酒。家有遺資，悉推與諸兄，不留一錢自遺也。武昌公在時，以鶴年倜傥類己，甚鍾愛，畀蔭從父桓州職，鶴年亦辭謝不敢有，惟益厲志爲學，清苦自將，與寒畯賤士等。或曰："汝貴家子，不效祖、父爲官人，顧乃過自矯激如此？"鶴年曰："吾宗固貴顯，然以文學知名於世者恒少，吾欲奮身爲儒生，豈碌碌襲先蔭，苟取禄位而已耶！"鄉之諸儒長者，以其年幼而有志，多樂教之。年十七，而通《詩》《書》《禮》三經。豫章周懷孝，楚大儒，時寓武昌，執經問難者比肩立，然獨器重鶴年，且欲同歸豫章而妻以愛女。鶴年以母老、諸兄皆官千里外、無他兄弟備養，辭不行。母聞而遣之，鶴年曰："人之所以爲學者，學爲孝耳。今舍晨昏之養而從師遠遊，人其謂斯何？"明年，淮兵渡江襲武昌，鶴年奉母夫人以行，所在艱阻，三閲月始達鎮江。菽水不給，雖傭販賤業、騎射卑職，皆趨爲之不問。及夫人捐館舍，鶴年哀毁盡瘽，鹽酪不入口者五年。於是浙以西日入於亂，鶴年聞從兄吉雅謨丁避地越江上[7]，徒步往依焉。時江南行御史臺移治茲郡，大夫拜住公[8]，鶴年父友也，雅知鶴年，即辟爲從事御史，迭烈圖禿滿迭兒亦舉校官[9]，余觀胡普顔帖木兒安慶舉孝廉[10]，鶴年痛禄之不逮養也！俱不應。浙東廉訪僉事都堅不花延致鶴年於家[11]，俾諸子師事之，且剡薦入館閣，薦章未出而宵逝。南臺大夫沙藍答兒公被召還朝[12]，思得文儒之士以備其咨訪，復以從事辟之，江西閩海二道肅政府又以其省儒學提舉薦，皆陳悃以辭，毅然不一就。

鶴年與吉雅謨丁甚友愛。吉雅謨丁掾南臺時，欲以利禄勉鶴年，鶴年去不顧。後以直言忤權要，謫遷江右，道里梗塞，僕隸皆憚行，鶴年乃獨衝寒雪冒險途千里從之。後還越，宿留四明，或旅食海鄉爲童子師，或寄居僧舍賣藥以自給，雖久處艱瘁，泊如也。通政院判伍寔督運海上[13]，自負才氣，見賓客不爲禮，而獨賢鶴年，虚左迎至邸。鶴年當隆冬，弊衣不掩脛，伍欲解衣衣之，畏其清介，言欲發而中止。鶴年當困苦時，人有濟之者，雖饘粥之費無所受。然行橐稍裕，每好赴人之急。人之享其惠者，蓋數數然也。時兵戈四起，鶴年益逃匿海島，絶其跡。已而海上多盜，鶴年轉徙無常，大抵皆明之境内。明當方氏之盛，幕府頗待士，士之至者踵接，鶴年獨逡巡遠避，門無一迹。慈溪縣尹陳麟號稱賢，今四方士大夫多依之，鶴年居是邑，數載未嘗覩其面。

鶴年天質穎悟，讀書過目輒成誦。善詩歌，而尤工於唐律。爲文章有氣。至於算數、導引、方藥之説，亦靡不旁習。然專以躬行爲學，非其食不食，非其衣不衣，重然諾，尚氣節。人或有失，雖尊盛必盡言以告；己有過，雖少賤者規之必斂衽聽受。見人一善，稱之不容口；即不善，未嘗言。然性頗褊隘，於物少容。因自謂曰："凡爲清士，當以廉爲主，義爲輔，和爲衛，三者備，庶可免於今之世矣。"由是德益修而行益勵，有東漢高士之遺風。員外郎馬子英不妄許可人，嘗曰："吾友多矣，可托妻子者，惟鶴年一人。"世以爲知言。

贊曰：昔申屠蟠居父憂，哀毁過禮，不進酒肉者十餘年。家貧，傭工自給。郡召爲主簿，不行。隱居梁碭，以經學自娱。至今想其爲人，猶凛凛有生氣。鶴年執親之喪，有過無弗及。而間關亂世，利禄不行。至其爲學，博覽經史，而本於躬行，雖蟠何以加諸？《詩》曰："高山仰止，景行行止。"又曰："維其有之，是以似之。"其鶴年之謂乎！（《九靈山房集》卷一九）

【校記】

〔1〕阿老丁，一作"阿喇卜丹"，後同。烏馬兒，一作"烏瑪喇"，後同。賈，一作"商"。

〔2〕特，一作"時"。

〔3〕苫思丁，一作"沙木斯迪音"，後同。

〔4〕達魯花赤，一作"達嚕噶齊"，後同。

〔5〕馬禄丁，一作"智默特喇卜丹"。

〔6〕野憐真，一作"額林沁"。

〔7〕吉雅謨丁，一作"吉雅摩迪音"，後同。

〔8〕拜住，一作"拜珠"。

〔9〕迭烈圖禿滿迭兒，一作"圖烈圖圖們岱爾"。

〔10〕胡普顔帖木兒，一作"胡布延特穆爾"。

〔11〕都堅不花，一作"都沁布哈"。

〔12〕沙藍答兒，一作"實喇達哩"。

〔13〕寔，一作"實"。

丁高士鶴年小傳

錢謙益

鶴年，字鶴年，西域人也。曾祖阿老丁，與弟烏馬兒，皆鉅賈。元世祖狥地西土，軍餉不繼，杖策軍門，盡以其貲歸焉。數從征，下西北諸國。論功，年老不願仕，特賜田宅，留京奉朝請；而烏馬兒累官甘肅行中書左丞。父職馬禄丁，以世蔭爲武昌縣達魯花赤，有惠政，解官後，留葬焉。壬辰歲，年十八，淮兵襲武昌，奉母走鎮江。餘十載，母殁，鹽酪不入口者五年。浙西兵未息，避地越江上，又徙四明。行臺省辟薦交至，皆不就。方氏據浙東，深忌色目人，鶴年轉徙逃匿，旅食海鄉，爲童子師。或寄居僧舍，賣藥以自給。嘗有句云："行蹤不逐梟東徙，心事惟隨雁北飛 。"識者憐之。戴良作《高士傳》，以申屠蟠擬之。越十載，告牒還武昌，生母馮阻絶病死，瘞東郵廢宅中，慟哭行求，夢其母以告，齧血沁骨，斂而葬焉。烏斯道作《丁孝子傳》，與柳子厚志趙來章事絶相類。鶴年自以家世仕元，不忘故國。庚申北遁後，飲泣賦詩，猶有宣光綸旅之望。戴良序其詩，以爲一篇一句，皆寓憂君愛國之心，讀之不知涕泗之横流也。晚年屏絶酒肉，學浮屠法，廬於父墓，以終其身。永樂中卒。楚昭、莊二王，咸敬禮之。正統中，憲王命紀善管延校刻其遺文行世。（《列朝詩集小傳》甲前集）

丁鶴年小傳

陳　焯

丁鶴年，字鶴年，回回人。莫爾丹官武昌，因家焉。鶴年遂以丁爲姓。其長兄吉雅摩迪音，字元德，次兄鄂拉實克丹，字允中，至正間並舉進士。鶴年詩典麗清醇，天姿既高，而學力足以副之，一時詞彦，罕有出其右者。（《宋元詩會》卷九四）

丁孝子鶴年

顧嗣立

鶴年，以字行，一字永庚，西域人也。曾祖阿老丁爲鉅商，以其貲歸元世祖，世爲顯官。父職馬禄丁，官武昌縣達嚕噶齊，有惠政，留葬焉。鶴年年十八，值兵亂，倉卒奉母走鎮江。母歿，鹽酪不入口者五年。避地越江上，又徙四明，行臺省交辟，不就。時方氏深忌色目人，鶴年轉徙逃匿，旅食海鄉，爲童子師；或寄居僧舍，賣藥以自給。先是，生母馮阻絶東邨，病死，瘞廢宅中。道既通，鶴年還武昌，痛哭行求。夢其母以告蹤跡，得之，齧血沁骨，棺斂以葬。晚年屏絶酒肉，廬父墓以終其身。明永樂間卒。烏斯道爲作《丁孝子傳》，戴叔能作《高士傳》，以申屠蟠擬之。序其詩謂：“注意之深，用工之至，尤在於五七言近體。”澹居老人題《海巢集》亦云：“忠義慷慨，有《騷》《雅》之意。”鶴年家世仕元，諸兄之登進士第者三人。遭時兵亂，不忘故國，嘗有句云：“行蹤不逐梟東徙，心事惟隨雁北飛。”亦可悲也。録其詩爲元季諸人後勁，而兩兄之作附焉。（《元詩選初集》卷六三）

丁鶴年傳

邁柱等

元丁鶴年，《明一统志》，其先西域人。元末因父兄遊宦，寓居武昌縣之西山。博學能文詞，尤長於詩。性耿介，不混塵俗。年九十，終於家。《郡志》云，鶴年父宦武昌，卒，遂葬焉。元末兵起，避地定海間。父墓爲賊所發，母亦病死。鶴年日夕憂悸，絶魚酒鹽酪以自貶。閲二十年，道始通，乃歸武昌。卜地樊山窆父，會淋雨，鶴年拜雨中，密雲不澍，葬畢，雨如故。已而訪母墳，自秋徂冬，不獲。忽夢母出高堂中，牽衣慟哭。侵晨，詢鄰老，即於舊所居宅西，見土有陷下者，起視得骸，嚙血漬骨，及母當中齒黑如漆，驗之，乃殯骨瘞洪道鄉。著有《丁鶴年詩集》。卒，葬寒溪，後人樹梅花以識之。（《湖廣通志》卷七三）

丁鶴年傳

張廷玉等

時又有丁鶴年者，回回人。曾祖阿喇卜丹，與弟烏瑪爾，皆巨商。元世祖征西域，乏饟，老丁杖策軍門，盡以貲獻。論功，賜田宅京師，奉朝請。烏馬兒累官甘肅行省左丞。父職馬禄丁，以世蔭爲武昌縣達魯花赤，有惠政。解官，留葬其地。

至正壬辰，武昌被兵，鶴年年十八，奉母走鎮江。母歿，鹽酪不入口者五年。避地四明。方國珍據浙東，最忌色目人，鶴年轉徙逃匿，爲童子師，或寄僧舍，賣漿自給。及海内大定，牒請還武昌。而生母已道阻前死，瘞東村廢宅中。鶴年慟哭行求，母告以夢，乃囓血沁骨，斂而葬焉。烏斯道爲作《丁孝子傳》。鶴年自以家世仕元，不忘故國，順帝北遁後，飲泣賦詩，情詞凄惻。晚學浮屠法，廬居父墓。以永樂中卒。

鶴年好學洽聞，精詩律，楚昭、莊二王咸禮敬之。正統中，憲王刻其遺文行世。(《明史》卷二八五《文苑傳》)

論《琳琅秘室叢書》本《丁鶴年集》二則

陳　垣

《鶴年集》通行者有二本：《藝海珠塵》本，三卷，題曰《丁孝子詩集》;《琳琅秘室叢書》本，四卷，題曰《丁鶴年集》。二本所收皆明刻。黄丕烈諸人以四卷本爲元刻者，誤也。試一考其内容，《夢得先妣墓》一首在焉，序云："己未夏五月，還武昌遷葬，兵後陵谷變遷，先妣封樹，久尋不得。冬十一月廿日夜，忽感異夢，翌日遂得其處云。"己未，洪武十二年也。元刻何能有洪武詩？非元刻，證一。鶴年還武昌，在洪武十二年，而集中《守墓陳情上武昌太守傅藻》詩，於"太守承恩下玉京"及"擁經東出辭儲館"等句，"恩"字另行平抬，"玉京""儲館"，均空一格，是明刻，證二。鶴年從兄馬元德卒于昌國州任，當其任昌國前，曾任奉化州，劉仁本《羽庭集》卷五有《送馬侯元德任奉化州序》，爲至正二十二年夏作，則元德之卒，至早亦當在至正廿三四年，而集中有“先兄太守死事之十有七年，於故史董文中家見所題竹詩，因雪涕次其韻一首”，又當在洪武己未後矣，非元刻，證三。又其第四卷續集，爲門人向誠編，注曰“兵後還武昌作”，則此卷更爲入明以後作可知，故《挽衛知事胡公鼎》，有“江海論交四十年”之句。若爲元刻，則元亡鶴年才三十三歲，豈能説“論交四十年”耶？非元刻，證四。據《明史·文苑傳》，至正壬辰，武昌被兵，鶴年奉母出走，年僅十八，由此至洪武己未還武昌，中間二十八年，鶴年年四十五矣，故《逃禪室述懷》有“他鄉二十年”之句，兵後還武昌，有“亂後還家兩鬢蒼”之句。顧廣圻、黄丕烈亦明知此集在還武昌遷葬以後作，顧題詞云“須知《海巢集》，只説武昌前”，黄題詞云“廬墓全親孝，居山謝世緣”，是也。然何以不一考鶴年還武昌廬墓係在何年，而遽斷此爲元刻，此真不可解者矣。

抑有言者，此本戴良序，末署“至正甲午秋”云云，亦誤也。至正甲午，鶴年才二十耳，而序末云鶴年之清節峻行，已别有傳，兹不著。是此序之作，尚在《高士傳》後。而《高士傳》述鶴年事，已至其避地四明時，非至正甲午，一也。《高士傳》述壬辰淮兵襲武昌，鶴年奉母夫人以行，夫人殁，鶴年鹽酪不入口者五年。壬辰之後，加以五年，至少亦在丁酉，非甲午，二也。至正甲午去元亡之年，尚十有三年，而序中有“鶴年遭夫氣運之適衰”一語，曾謂甲午而有是言耶？非甲午，三也。序又言鶴年伯氏之登進士第者三人，其一即任奉化州之馬元德。據雍正《浙江志》一五二引《成化四明志》，馬元德至正十七年丁酉進士，尚在甲午後三年，非甲午，四也。據《九靈山房集》，此序在《鄞遊稿》内，亦惟《鄞遊稿》始有與鶴年倡和詩，至正甲午，鶴年未至鄞，戴良亦未遊鄞，非甲午，五也。以余考之，甲午當爲丙午之訛。丙午爲元亡之前一年，時東南已非元有，故可云“氣運之適衰”，《九靈山房鄞遊集》八《余豳公手帖後題》云："至正丙午秋，良與臨安劉庸道同客四明"，末署九月朔。此序之作，當同在此時，時鶴年避地四明，而戴良適遊鄞也。《鄞遊集》傳第一篇爲《高士傳》，序第一篇爲《鶴年吟稿序》，題跋第一篇爲《余豳公手帖後題》，就編輯常理言，此三篇部居同，其撰著之時當同。《余豳公手帖後題》爲丙午九月作，此序爲丙午秋作，毫無假借。序作於至正丙午，二人適同居鄞，而集則刻於洪武己未鶴年還武昌之後，其丙午誤爲甲午者，猶之《雁門集·干文傳序》之至正丁酉誤爲丁丑也。至正無丁丑，薩龍光《雁門集注》以爲己丑之訛，據日人島田翰刻永和本《薩天錫逸詩序》，則丁丑實爲丁酉，兩回教詩人集序干支均誤，可謂無獨有偶者矣。胡珽校刊此集時，一字不苟，而於此等緊要關目，獨遺略之，其識語又云："此集《四庫全書》止有一卷。"今考《四庫》本實三卷，而《總目》《簡明目録》誤爲一卷，不應遽信《總目》而不考閣書之實在也。《四庫總目》謬誤恒有，烏斯道作《丁孝子傳》，未嘗以申屠蟠比鶴年，而《總目》謂烏斯道、戴良爲作傳，皆以申屠蟠擬之；《高士傳》謂吉雅謨丁爲鶴年從兄，而《總目》謂爲鶴年長兄，皆欠精審也。（手稿）